AF285648

DOPPELKLICK

Eine fröhliche und dankbare Dokumentation

Über dieses Buch

Hier wird eine wahre Geschichte von zwei Menschen erzählt, die sich per Internet kennen und lieben lernten. Der Leser soll eingeladen werden, exemplarisch die Ängste, Zweifel, Hoffnungen und Wünsche der Beiden mitzuerleben und nach zu vollziehen. Deshalb haben Beide ihre Gedanken den Mails hinzugefügt und somit den Werdegang ihrer Zuneigung dokumentiert.

Ein vergnügliches und nachdenkliches Buch, das eine Aufforderung für alle Partnersuchenden ist, es ihnen gleich zu tun.

Gib nicht auf, und sei stets Du selbst

Birte G. Grund / Karl J. Altendorff

DOPPELKLICK

Wie aus einer Mail eine Liebe wurde

Herstellung und Verlag:
Books on Demand GmbH
Norderstedt 2011
www.bod.de

Titelbild: Thomas Paßmann, Münster

Fotos: Olaf Gerhard, Köln
        Gülay Keskin, Heidelberg

ISBN: 978-3-8423-4127-2

Wir danken:
Toni Meiser, Bielefeld, für unermüdliche Hilfe in technischen
Fragen
Thomas Passmann, Münster, für die Umschlaggestaltung
Alex Altendorff, Darmstadt, für's ,,Layouten"
Dem SPOOKY'S, Münster, für exzellenten Wein und Anregungen
Dem Stammtisch im ,,BLACK ROSE", Bielefeld, für manches
fröhliche Lachen
Bill Gates, Seattle, für die weltweite Verbreitung des Internets

Inhaltsverzeichnis

Die Autoren

Birte G. Grund

wurde 1956 in Neheim geboren. Nach der Realschule absolvierte sie eine Ausbildung zur Krankenschwester. Sie heiratete früh und zog mit ihrem Mann nach Emden. 1988 ging das Ehepaar nach Irland. 1994 erlitt sie eine Gehirnblutung, was einen Wendepunkt in ihrem Leben bedeutete und sie über ihr bisheriges Dasein nachdenken ließ. Sie musste Sprechen, Laufen und Sehen neu erlernen, litt unter Depressionen. 1996 begann sie, bei einem Bildhauer zu arbeiten und lernte durch ihn eine andere Sichtweise der Welt kennen.

1999 kehrte sie allein nach Deutschland zurück. Sie lebt heute in Münster und arbeitet mit Menschen, die an Demenz erkrankt sind.

Karl J. Altendorff

wurde 1953 im Sauerland geboren, besuchte einige Jahre ein Gymnasium, begann dann eine Lehre als Buchdrucker. Ab 1972 arbeitete er als Pflegehelfer in Bielefeld. Im Jahre 1981 Abitur, danach Studium Latein / Geschichte.

Nach Jahren als Auslieferungsfahrer, Koch, Kellner etc., beschloss er 2001 die Übersiedlung in die Türkei, um sich neuen Herausforderungen zu stellen und seiner Leidenschaft für die Historie ein Forum zu geben. Dort erforschte und suchte er die unbekannten Höhlenkirchen der byzantinischen Zeit, arbeitete als spezialisierter Führer durch das frühe Christentum. Seit 2010 aus familiären Gründen meistens in Deutschland.

Vorwort

Nach Lessing ist eine Novelle
,,die Niederschrift einer unerhörten Begebenheit".

Nichts anderes versuchen wir mit diesem Buch; eine Begebenheit zu schildern, die einerseits so fast alltäglich ist, uns aber andererseits so unerhört erschien, dass wir sie für wert befanden, dokumentiert zu werden.

Ohne literarischen Anspruch erzählen wir die Geschichte einer Begegnung, die im Internet begann und deren Ende wir noch nicht kennen. Die Mails, die wir uns schrieben, haben wir abgedruckt und unsere damaligen Gedanken wie einen Kommentar hinzugefügt.

Dem Leser soll es Vergnügen und Kurzweil bereiten, uns zu folgen durch eine Zeit des Hoffens und des Wünschens, durch Missverständnisse und Zweifel, er mag sich selbst wiederfinden in unserem Bemühen um Anerkennung und Zuneigung.

Aber in erster Linie möchten wir ihn unterhalten, und allen, die auf der Suche nach einem Partner / Partnerin sind, ein Beispiel sein dafür, das eine neue Liebe auch jenseits der 50 möglich ist.

Wenn es ein Credo gibt in diesem kleinen Büchlein, dann nur eines: Sei unbedingt Du selbst, stell Dich dar in allen deinem Wünschen, Stärken und Schwächen, und versuche nicht, etwas zu verbergen oder jemand zu sein, der Du nicht bist.

Das ist alles - aber das ist auch sehr viel.

Wir wünschen dem Leser viel Vergnügen.

Birte G. Grund
Karl J. Altendorff

Karl über sich

Ich lebe meist im Ausland. Dort bucht man mich für Touren durch die Geschichte in einer unglaublichen Landschaft, und mein Beruf war und ist meine Berufung. Sicher können nur wenige Menschen Derartiges von sich behaupten, und ich war und bin stolz, dass Leute aus allen Ländern zu mir kamen und kommen, um zu lernen und zu staunen, zu fragen und zu genießen. Natürlich bin ich geschieden und allein in diesem Land, und fühlte eine innere Lehre, eine Sehnsucht nach einer Partnerin, die bereit sein würde, mein Leben mit mir teilen. Aber nach den Erfahrungen der Trennung, der Scheidung, dem Kampf um das Sorgerecht etc. war ich innerlich und emotional abgestorben. Zudem ist ein solch freies, weitgehend selbstbestimmtes Leben nicht leicht und wirft wenig Ertrag ab, und auf Luxus muss verzichtet werden. Das ist sicher nicht sehr attraktiv. Zwar gab es weibliche Gäste, die sich durchaus für mich interessierten, denn trotz meines Alters bin ich noch immer ein recht gut aussehender Kerl, der spannend und unterhaltsam zu erzählen vermag, doch es gab niemanden, der mein Herz ansprach - es machte einfach nicht „Klick". So blieb es lange Jahre. Ich hatte mich an dieses Leben gewöhnt, war mir auch sicher, dass ein aufregendes Dasein und eine Partnerschaft nicht zusammen passen. Und dann, eines Tages, während ich in Deutschland war, kam unverhofft eine kleine Mail...

Gerda über sich

Es war einmal... so beginnen Märchen. Am Anfang war die Sehnsucht, so fing mein Märchen an. Ich weiß, es hört sich recht kitschig an. Aber für viele Menschen, auch und besonders bei denen, die ein halbes Jahrhundert oder mehr hier auf dieser ver-rückten Welt zustande gebracht haben, allein oder wieder alleine sind, nicht so unbedingt. Am Anfang war die Sehnsucht... Nach einer zweiten Chance, nach Liebe und Geborgenheit, nach einem Mann. Männer, da gibt es viele, DEN MANN äußerst selten. Wie findet man eine Stecknadel im Heuhaufen? Nach langer Suche kam ich letztendlich zu dem Ergebnis - es gibt ihn nicht, wenigstens nicht für mich. Und wenn doch, Den MANN muss ich mir selber backen... Ich war 7 Jahre ,,unbemannt". In meiner freien Zeit träume ich mich oft durch die Google Welten... Und eines Tages - Remember, remember, the days of September...

Wieder einmal Sonntag! Ich sitze allein vor meinem PC. Eigentlich, ja, eigentlich könnte ich jetzt im Hot Jazz Club sitzen, ein Glas Rotwein trinken und die Musik genießen... Doch allein - nicht wirklich. Also, browsen wir mal. Türkei - interessant... - da war ich noch nie. Was ist denn das? Eine Führung zu Höhlenkirchen, einfach traumhaft schön, eine Landschaft wie ein Märchen aus Tausend und einer Nacht. Netter Mann, der diese Touren leitet, könnte Frau sich einfach mal verlieben, das habe ich schon lange nicht mehr. Aber der wird sich für mich graue Maus bestimmt nicht interessieren. Und sowieso, er kann bestimmt jede Frau haben, so gut wie der aussieht. Sicherlich ist er glücklich verheiratet und hat 7 Kinder, seine Frau ist schön... Liebe, einfach nur ein Wort? Nochmals zu lieben - ja, wie schön wäre das. Einfach sein Herz zu verschenken, bedingungslos. Also schreibe ich diesem Karl mal, wie gut mir seine Welt gefällt, mehr nicht, das wäre wohl auch zu peinlich. Aber gefallen würde er mir schon...

Ich habe ganz vergessen, mich vorzustellen. Mein Name ist Gerda, bin fast 54 Jahre alt, war 30 Jahre verheiratet (mehr als lebenslänglich) und nun? Ja, nun sehne ich mich nach einem männlichen Wesen und vielleicht einer 2. Chance, wer weiß, vielleicht auch noch einmal so etwas wie Liebe.

Die ersten Mails

Hallo Karl

Nachdem ich zufällig deine Seite im Internet besucht habe, wurde ich neugierig und bin auf die Reise nach Kappadokien gegangen. Es ist wie ein Märchen aus 1001er Nacht...! Vielen Dank für die ,,Führung"! Du bist ein sehr interessanter Mann, wäre schön, mal mehr von Dir zu erfahren (über den Menschen). Ich dagegen bin eine ,,einfach gestrickte" Krankenschwester, habe elf Jahre in Irland gelebt und bin nun zurück in Deutschland. (ziemlicher Gegensatz!!!) So mal ein einfaches Lachen ist hier eher selten, was man von Beruf ist und man besitzt (mein Haus, meine Jacht...) ist sehr viel wichtiger als der Mensch, na ja.
Falls Du magst, kannst Du mir ja mal schreiben, es würde mich freuen.
Vielen Dank noch mal für die wunderschöne Traumflieger-Reise!
Liebe Grüße, Gerda
just a woman

Oh, wer ist das denn? Traumfliegerreise - da klingt Poesie mit, und jemand, der das einfache Leben mag...
10 Jahre in Irland gelebt, und dann ,,nur" einfache Krankenschwester - nach Selbstbewusstsein hört sich das nicht an. Muss ihr doch mal ein paar Zeilen schreiben, ist möglicherweise ein interessanter Mensch...
So ein Auslandsaufenthalt eröffnet neue Perspektiven und bringt Erfahrungen mit sich. Da könnte man sich ja mal etwas austauschen - und meine Gegend scheint ihr ja sehr zu gefallen, bestimmt will sie noch mehr wissen. Es passiert selten, dass man einfach mal so angeschrieben wird. Und sie möchte etwas über den Menschen wissen. Da erzähle ich doch gerne etwas...

Hallo Gerda

Danke für die Mail, und liebe Grüße nach Münster - mein Vater ist dort geboren in den Rieselfeldern, ich selbst im Sauerland, dass ich mit 19 Jahren fluchtartig verlassen habe, um dann 6 Jahre als ,,einfach gestrickter" Pfleger in Bielefeld / Bethel zu arbeiten. Dann habe ich das Abitur nachgemacht und die übliche Karriere des Geisteswissenschaftlers angestrebt: Koch, Kellner, Taxifahrer etc... Nach gelungener Scheidung bin ich dann nach Kappadokien... Aber nun hat sich meine Situation verändert: Mein Bruder ist im Frühjahr verstorben, und ich bin jetzt meist wieder in Bielefeld, habe ein kleines Zimmer in einer WG, und kümmere mich um Muttern, die mit 86 Jahren allein lebt, zwar noch zurechtkommt, aber Rasen muss gemäht werden, eingekauft etc. Nach Kappadokien kann ich nur noch im Frühling und Herbst, wenn dort Hauptsaison ist. 11 Jahre warst Du in Irland... Da ging es Dir ähnlich wie mir - ich habe hier ebenfalls meine Probleme mit: Wer bist Du, was machst Du, und was hast Du... Ich antworte immer gleich auf diese Fragen: Ich laufe so ein bisschen rum, kuck mal hier rein, kuck mal da rein. Da brauche ich kein Auto und keine Schrankwand. Bescheuerte Frage, aber absolut deutsch - ich bin hier irgendwie im falschen Film. Arbeitest Du wieder in einer Klinik in Münster? Die Arbeitswelt hat sich ja sehr verändert hier, überall haben nur noch die Kostenrechner das Sagen, und das Menschliche bleibt auf der Strecke.
Ich freue mich, dass Dir Kappadokien gefällt - viele haben keinen Sinn mehr für diese außergewöhnliche, einmalige Landschaft und ihre Geschichte... (Ey, Alter, was willst Du da?) Hab noch einen kleinen Link für dich: www.mediathek.wdr...de
Wenn Du Zeit und Lust hast, mal drauf zuklicken, würde ich mich freuen.
Ob ich ein interessanter Mensch bin, weiß ich natürlich nicht - ich halte mich für sehr normal, und diese RTL-Kucker und Warmduscher für ein bissele gaga. Aber das ist wohl eine Frage

des Standpunktes. Und nun würde ich gern ein wenig von Dir wissen, von Irland, von deinem Leben, deinen Wünschen und Träumen, deiner Gegenwart und Zukunft. Einen schönen Sonntag, noch, und hoffentlich hattest Du einen dicken Eisbecher am Lamberti und ein gutes Gespräch mit der besten Freundin.
Bis bald liebe Grüße
Karl der Wandercharismatiker

by the way... just a women is a very lot..

Ich bin sprachlos... Was um Himmels Willen soll ich denn jetzt antworten? Nie im Leben hätte ich auf eine Antwort gehofft - und nun so etwas! Der Mann ist mein Traum schlechthin. Wir haben so viel gemeinsam, ist das Wirklichkeit oder träume ich?

Sonntag, 5.9.2010

Hallo Karl

Bin überrascht, überhaupt eine Antwort zu bekommen.
Also, ich bin im Sauerland zur Welt gekommen. (Neheim - jetzt
- Arnsberg) Bin nach meiner Krankenschwesterausbildung
,,geflohen" in meine Ehe mit einem Ostfriesen aus Emden und
auch dann dort hingezogen. War mal eine OP-Schwester, ja,
dann nach Irland. Dort habe ich bei einem Bildhauer gearbeitet
und viel gelernt. Ehemäßig ging es den Bach runter und ich bin
(blöderweise) wieder nach Deutschland. EGAL! 2007 dann
Scheidung, war ok. Mein Exmann ist immer noch ein guter
Freund. Z. Zt. lebe ich in einer WG in einer autofreien Siedlung,
dass, um Gottes Willen, kann ich keinem erzählen, es versteht
keiner. Warum eigentlich nicht? Gäbe es mehr ,,Alten WGs",
wäre das ,,Elend" in einem Altenheim erst gar nicht gegeben.
Aber - das ist eine andere Geschichte...
Ich freue mich, dass Du geantwortet hast! Und dass Du nicht
selbstständiger Unternehmer bist, sondern Deinen Traum lebst!
Was gibt es Größeres???
Wünsche Dir einen schönen Abend mit einem Glas Wein, falls
Du magst...
Gerda

*Ich habe schon bessere Mails geschrieben - aber - mein Gott,
ich bin total nervös!*

Warum wundert sie sich denn, das sie eine Antwort bekommt? Die hat doch ein ganz interessantes Dasein gehabt,
und ein soziales Gewissen hat sie auch... Das ist garantiert
nicht so eine blöde Konsumtusse... Scheint aber sehr öko zu
sein. Hoffentlich keine Kampflesbe. Na schau'n ma ma... Ich
werde mal schnell antworten, bin schon gespannt auf die Re-
aktion.

14

Hallo Gerda

Als alte Neheimerin ist Dir vielleicht Attendorn noch ein Begriff - liegt hinter Lüdenscheid, da wohnt meine Mutter, und ich bin auch gerade da bis morgen. Wieso versteht das keiner mit der autofreien Siedlung? Irgendwie triffst Du wohl die falschen Leute - und wir wohnen auch in einer Alten-Leute-WG, sind alle zwischen 50 und 60, kennen uns aus wilden Zeiten. Der Bildhauer in Irland - wie hieß der, war das ein Deutscher oder ein Ire?
Und danke für das Glas Wein - aber ich habe seit langen Jahren allen Drogen abgeschworen, kiffe auch nicht mehr, nur das Rauchen kann ich mir nicht abgewöhnen.
Liebe Grüße in die autofreie Zone
Karl

Mal sehen, was sie antwortet... So ein kleiner Dialog ersetzt die Langeweile hier.

Was für ein netter Typ! Den würde ich wirklich gerne einmal kennen lernen...
Scheint sich auch für mich zu interessieren - warum sonst schreibt er so viel und ausführlich? Ist der wirklich Single? - Kaum zu glauben!
Ehrlich gesagt - ich fühle mich wie ein Teenager - und das fühlt sich gut an...

15

Hallo Karl

Attendorn habe ich wohl schon mal gehört, aber sonst keine
Vorstellung, oder doch? 1 Kirche, 1 Kneipe, 5 Bauernhäuser,
Schützenverein.??! Sorry, wollte nicht gemein sein, finde es aber
trotzdem witzig...
Klär mich auf - oder - vielleicht stimmt's sogar?
,,Mein" Bildhauer heißt Mick Wilkins, wohnt jetzt wieder in
Cork, vorher in Furbo, Co. Galway.
Ob der nun ,,berühmt" ist - keine Ahnung, was ich weiß, ist,
dass er zwei Statuen in Galway geschaffen hat. Ansonsten ist er
freischaffender Künstler, hat seine Skulpturen nach Kanada,
Amerika, Australien, Germany, England und wo auch immer hin
verkauft. Aber wie das so ist mit Künstlern (Brotlose Kunst,
würde meine Mutter sagen - ehemalige Bankangestellte - aha!!).
Mein Halbbruder genießt das Erbe seines Vaters (denke mal, er
ist schon Millionär??!), und ich bin das ,,schwarze Schaf" in der
Familie - haha. Wohne in einer autofreien Siedlung, lebe mit
über 50 nicht in meinem eigenen Haus, nein - in einer WG,
bisher mit einem Mann, der zwar mein bester Freund, aber nicht
mein Partner ist, BLABLA!
Keiner versteht, dass ich mit Alzheimer Patienten arbeite - und
das gerne!
Hätte besser einen Job in einer Behörde (mit blauen Kostüm
und weißer Bluse inklusive Perlenkette - haha!) Ja, wo findest
Du Menschen, die verstehen, dass Du bestimmt kein
Spießbürger bist?
Karl, ich weiß ja nicht, wie Du es schaffst, auf die E-mail meines
WG-Thomas zu kommen. Aber - Du schaffst das - irgendwie...
Schade, dass Du keinen Wein mehr trinkst, aber - ich respektiere
das absolut. Mein WG - Partner trinkt auch nur höchstens Cola.
Hab einen schönen Abend
Gerda

Die antwortet ja immer sofort - bestimmt sehr gewissenhaft. Möchte mal wissen, wie die aussieht, Münster ist ja auch nicht so weit weg. Aber es ist noch viel zu früh, um um ein Treffen zu bitten, will auch keine falschen Hoffnungen wecken. Bin ja nur beruflich, an potentiellen Kunden, orientiert. Aber irgendwie gefällt mir ihre lockere Art, und sie denkt wie ich... Aber erst mal die Bälle flach halten. Ich schreib einfach gleich, mal sehen, was noch so kommt.

Hallo Gerda

Als alte Sauerländerin hast Du das Wesen Attendorns voll
erfasst - mit einer Abweichung: es gibt drei Kneipen, damit die
Schalke- und die Dortmund -Fans an verschiedenen Orten grölen
können. Ich bin ja nicht grundlos mit 19 Jahren aus der Gegend
geflüchtet... Muss halt, wegen Muttern, jetzt öfter mal hin.
In welche Gegend hat es Dich denn verschlagen? Münster ist
doch groß genug, um den Spießbürgern zu entfliehen, da muss
es doch auch andere Leute geben, und autofreie Siedlung klingt
nach Bewusstsein und Verantwortungsgefühl - kann aber
natürlich sein, das ich mich irre.
Und der Bildhauer - ich kenne ihn nicht, aber da ich im
Türkenland von Kreativen umgeben bin und ein alter Freund in
Irland als Bildhauer lebt, hat ich halt gedacht... Hätte ja sein
können. Und Leute, die kein Verständnis für die Arbeit mit
Alzheimer - Patienten haben, finde ich komisch. Ich hoffe, die
lernen das eines Tages - wenn sie sich dann noch dran erinnern
können. Das mit der Mail deines Wohnkollegen dürfte einfach
sein: Sein Computer registriert jede ausgehende Mail als von ihm
geschickt - wenn ich dann auf ,,Antworten" klicke, geht die
Antwort an den Computer. Deshalb hab ich oben deine Adresse
neu eingegeben - mal kucken, wie das jetzt geht.

So, nun erst mal liebe Grüße aus Bielefeld, ich muss noch bissele
an den Schreibtisch.
Bis bald
Karl

Yes Sir, er schreibt zurück!
Entweder, er hat gerade nichts besseres zu tun, oder er interes-
siert sich für mich. Schön wäre das schon... Möchte ihn mehr
kennen lernen, vielleicht mal Kaffee zusammen trinken... Ach,
ist ja alles noch viel zu früh. Aber träumen darf man mal...
Oder? Außerdem, er hat mich noch nie gesehen, wahrschein-
lich würde er dann nicht unbedingt zurückschreiben...

Hi Karl

Übertragung geklappt. So, also Attendorn - Eine Kirche, drei Kneipen, fünf Bauernhöfe und einen Schützenverein - muss sagen (a la Pater Brown) hübsch hässlich! Kann Dich voll und ganz verstehen, obwohl Klein - Neheim ,,mehr" zu bieten hat. Natürlich ist es ein Krampf und ich schlucke immer drei Mal, aber ,,Mama" besuchen ist nun mal Pflichtprogramm. Ich könnte auch ohne... Meine Mutter und ich sind irgendwie vertauscht worden, jedenfalls passe ich nicht in diese Familie. Aber was soll es, je älter man wird... Einfach Augen zu und durch, woll?!
In unserer Siedlung leben viele verschiedene Menschen, viele, die es auch ernst meinen mit autofrei. Aber, je niedriger (sorry, aber leider stimmt es) der Bildungsstandard ist, desto weniger beachtet man die Siedlungsbedingungen, heißt - ich besitze kein Auto.
Gott (Allah, Buddha...) sei Dank, die müssen leider wieder ausziehen. Aber trotzdem sind wir gerade im schwarzen Münster Kühe mit zwei Köpfen. Anyway, darf ich Dich fragen? - Was machst Du hier fern von Deinem Paradies hier in (shit) Old Germany??? Warum bist Du nicht in Türkland geblieben, ist doch viel schöner, oder? Ich bin dummerweise aus Ireland, weil ich von meinem Männe wech wollte. War sozusagen eine Flucht... So, ich wünsche Dir einen schönen Abend
Liebe Grüße,
Gerda

Sie ist ja jemand, der meine Situation nachempfinden kann... Eben schnell was schreiben. Die ist ja ganz offen, werde ich dann auch sein. Habe das Gefühl, der kann man fast alles erzählen. Es macht mir Spaß, so ein wenig mit einer Unbekannten zu mailen. Denn ma los...

Hallo Gertrudel

Schön, von Dir zu hören... Wohnst Du eigentlich in
Weißenburg? Hab ich gegoogelt...
Tja, was mache ich in Deutschland? Der Hauptgrund ist
natürlich die soziale Armut da unten, der Andere eben meine
Mutter, die mehr und mehr Hilfe braucht, da wollte ich in der
Nähe sein, und nach neun Jahren mal wieder eine
Krankenversicherung ist auch nicht schlecht. Den Winter über,
bei 20 Grad minus, ist die Zentraltürkei kein Spaß, und wenn die
Gäste weg sind, bin ich irgendwie im falschen Film. Deshalb
fliege ich nur noch ab und zu runter, in zwei Wochen z.B. mit
guten Freunden und auch zum Arbeiten, und komme nach 17
Tagen wieder.
Ach ja - zu meiner Mutter fahre ich - trau mich kaum, es zu
sagen - mit einem Auto! Ich hoffe, ich sinke nicht in deiner
Achtung. Bin letztes Wochenende mit ihr etwas durchs
Sauerland gefahren, über Lüdenscheid nach Neheim... Besser als
Attendorn ist es da, aber so richtig prickelnd wohl auch nicht...
Stell Dir vor, nicht nur Bier und Wein - sogar das Kiffen habe
ich sein gelassen. Langsam könnte ich die Mönchskutte
überstreifen...
Wünsche Dir einen schönen Tag mit Sonne (das ist so ein großer
leuchtender Ball, der in manchen Gegenden am Himmel zu
sehen ist, erschrick bitte nicht) und ein Glas Wein, dazu eine
Ballade von John Coltrane und ein Stück Käsekuchen.
Bis bald
Karl

P.S. Ich freue mich immer, wenn Du mir schreibst...

Ich freue mich immer, wenn Du mir schreibst, liebe Ger-
trudel... Nein, das ist nicht der falsche Film, das ist Seelen-
verwandtschaft. Soll ich ihm mal ein Bild von mir schicken?
Schließlich kauft er im Moment die Katze im Sack.

Gegrüsset sei'st Du, Maria
und salve Bruder Carolus

Habe noch nie einen Mönch getroffen, der raucht. Trinken
allerdings ist durchaus möglich. Man bedenke, die besten
Brauhäuser und Schnapsbrennereien kommen von den Mönchen
und Nonnen, die ihren eigenen Stoff sogar liebend gern
verkösten. Und denken wir mal an Jesus, bei der Hochzeit und
dem ,,Schnappes'', nee, war glaube ich Wein, anyway,
Ordensleute LIEBEN Hochprozentiges, weiß ich aus eigener
Erfahrung, war 1 Jahr Praktikantin in Arnsberg (geistig
Behinderte, geleitet von einer Ordensfrau) und habe meine
Ausbildung im St. Johannis - Hospital (ebenfalls
Kakelolisch-sorry- Katholisch) gemacht. Und dass!-als nicht
getauftes Kind, also mehr oder weniger - dem Fegefeuer
ausgeliefert...
Na ja, wie Du gesehen hast, Neheim ist nicht das Tor zur Welt,
eher das Gegenteil. Deshalb meine ,,Flucht'' und Gott, Allah,
Buddha... sei Dank. Aber nu hast Du mich neugierig gemacht!
Deine Mama, wie alt ist sie, was hat sie für eine Krankheit, färbt
sie ihre Haare, gibt es noch Geschwister????... Nein, brauchst
Du nicht zu beantworten, ist bloß Spaß!
Ja, Du hast richtig gegoogelt! Das ist die Siedlung. Und nun
,,komm'' mal wieder runter von wegen - oh Gott, ich fahr ein
Auto und schlechtem Gewissen, woll. Autos sind unbedingt
notwendig und auch schön. Besonders bei diesem Wetter. Bin
eigentlich mehr aus Zufall in diese Siedlung gekommen, ich habe
nichts gegen Autos, man sollte nur mal einiges überdenken. Ich
fahre weder Fahrrad noch besitze ich eines und mit den ,,Ökos''
und deren Tofuwürstchen habe ich so gar nichts am Hut!!!!
Aber, es ist ruhig und nett hier, so was soll's. Ich persönlich
neige mehr zu eigenem Haus und Garten, aber nicht so
überkandidelt wie hier in Deutschland, schon mehr rustikal like
Ireland. Aber, is nu mal nicht, okay, auch gut.

Bruder Carolus, ich will nun mal für heute beenden, Ave und Salve und God bless you. Nee is nur „Spaß", denke nicht, das Du eine Tonsur hast, oder?
Liebe Grüße
Schwester Gertrude

...Oh, sie schickt mir paar Bilder, das war dann ja wohl eine Gedankenübertragung... Nett, Zöpfe und Sonnenbrille, die hat scheinbar auch keine Lust, erwachsen zu werden. Möpse kann man leider nicht erkennen; die scheint aber ziemlich dünn zu sein. Auf dem ersten Bild sieht sie aus, als hätte sie eins aufs Auge gekriegt. Aber irgendwie spricht sie mich an, besonders das mittlere Bild. Das ist Humor und Stil, und sie lacht so schön. Die könnte mir gefallen. Nach Kampflesbe sieht sie nicht aus, dann hätte sie auch andere Mails geschrieben. Werde ihr demnächst mal paar Bilder von mir als Aktmodel schicken. Wenn sie das anzüglich findet, hat sie recht... Ist ja auch irgendwie so gemeint. Aber ich frag vorher mal nach. Da sie ja bei einem Bildhauer war, wird sie es mir nicht übel nehmen. Die Fotos sind ja auch durchaus ästhetisch, und dann weiß sie wenigstens, mit wem sie es zu tun hat. Es wird sie schon nicht aus der Bahn werfen, mal einen nackten Mann zu sehen.

Freitag, 10.9.2010

Oh Schwester Gertrudis

Gebenedeit seist Du unter den Lebenden... Ich danke dir, dass
mich nicht der Bannstrahl trifft ob meines groben Fehlverhaltens
- Ich gestehe, ich liebe Autofahren und Bratwurst, wenn ich
mich auch um gesunde Ernährung bemühe. Bei dem Wetter
jetzt ist die Kutte durchaus praktisch und wärmend, und die
Ruhe hinter Klostermauern wohltuend und labend für die Seele...
Nun zu Muttern: klar sag ich Dir das, ist ja kein Geheimnis.
Muttern ist 86, leidet an Netzhautablösung und sieht nur noch
20%. Deshalb muss ich ab und an mal vorbeischauen, Rasen
mähen, einkaufen etc., aber noch geht es ihr ganz gut - im
Frühjahr allerdings ist mein Bruder verstorben, war natürlich ein
Schock für sie, und auch darum bin ich aus der Türkei zurück,
damit jemand in der Nähe ist, zumindest mal für ein paar Tage.
Wo liegt eigentlich Weißenburg genau? Ich kann es im Stadtplan
nicht finden. Ich würde Dich nämlich gern mal, dein
Einverständnis vorausgesetzt, zu einem dicken Eisbecher
einladen oder einer Currywurst, wenn dein Viertel nicht kuckt
und das Wetter passt. Ein Spaziergang am See wäre auch nett -
mal bissele Smalltalk zwischen Sauerländern. Ich tät mich
jedenfalls freuen tun.
Bis bald, liebe Grüße ins Ökoland
Carolus der Wandercharismatiker

*Bruder Carolus, Du bist ein Traum schlechthin. Witzig,
fürsorglich, zuverlässig... Offensichtlich interessiert er sich
doch mehr für mich, als ich dachte. Schaut nach, wo ich wohne.
Will sich sogar mit mir treffen, ,,obwohl", nein, nachdem ich
ihm Fotos von mir geschickt habe. Eigentlich - bin ich sprachlos, andererseits - glücklich... lerne ich doch noch einmal ein
nettes männliches Wesen kennen. Aber - immer langsam ,,mit
die jungen Pferde", Gerda, sei realistisch, Du lebst wieder, wie
immer, in deiner Traumwelt.*

Samstag, 11.9.2010

Hiya Karl

Habe nichts gegen Currywurst oder Eisberge im Glas einzuwenden. Die Ökos verlassen sowieso nicht den heiligen Gral dieser Siedlung, kann ich also nicht erwischt werden... Und ein Spaziergang am Aasee ist immer schön. Wobei, wir haben da auch noch die Promenade rund um Münster, den Schlossgarten, den botanischen Garten, einen Zoo, ein Museumsdorf... Dieses Wochenende ist leider ausgebucht, Montag, und Dienstag, muss ich zur Abwechselung mal was tun, Mittwoch, und Donnerstag, sowie kommendes WE sind noch ganz planlos in der Welt. Tja, lieber ,,Pater Brown'', wo ist die Weißenburgsiedlung? (grins) LG, Gerda

Das ist ja schön - sie freut sich ja richtig, und eine Menge Vorschläge zum Spazieren gehen - scheint richtig Angst zu haben, dass ich nicht kommen könnte... Muss wohl ernsthaft an mir interessiert sein, fragt gar nicht nach Kappadokien. Wo sie wohnt, will sie mir nicht sagen, bisschen Versteck spielen. Aber den Aasee werde ich ja leicht finden, hab auch Lust, mir Münster mal anzusehen. Also denn - an die Mailmaschine... Das wird bestimmt ein netter Tag - weiter will ich noch nicht denken. Muss ja auch erst noch drei Wochen weg...

Was ist passiert? Keine Antwort von Karl... Warum? Habe ich etwas falsch gemacht? Ich bin, ehrlich gesagt, unendlich traurig... Karl war ein schöner Traum! Ich war wieder in meinem Traumland, wie meine Mutter so schön sagt. Aber, lass uns doch alle ein wenig träumen, die Welt ist schon farblos genug, zumindest in Deutschland. Ach, Karl, schreibe mir doch zurück! Oder soll ich es noch einmal versuchen? - Nein lieber nicht. Wenn er nicht mehr schreiben mag, muss ich das akzeptieren, wenn es auch noch so weh tut...

Dienstag, 21.9.2010

Seit Tagen keine Antwort... Habe ich irgendwas Falsches gesagt, oder ist irgendwas passiert? Ich finde das Mädel nett, möchte sie auch mal kennenlernen... Vielleicht ist ja meine Mail nicht raus gegangen - ich werde mal den Postausgang kontrollieren...

Dienstag, 21.9.2010

Hallo Gerda

Ich habe mich gewundert, dass keine Antwort mehr kam, und gerade meinen Mailausgang kontrolliert und festgestellt, dass meine letzte Mail nicht raus gegangen ist. Scheiße, wir hatten etwas Internetprobleme hier... Ich hatte Dir geschrieben, dass Du einfach sagen sollst, wann ich wo sein soll, und in mönchischer Zuverlässigkeit werde ich da sein. Nun fliege ich am Donnerstag, wieder in die Türkei, für 18 Tage. Da wird es vermutlich vorher nichts mehr werden, oder? Menno, das tut mir leid mit der Scheißtechnik...
Liebe Grüße aus Bielefeld ins Ökozentrum
Karl der Wandercharismatiker

Hoffentlich ist die nicht sauer - so was blödes. Ich an ihrer Stelle wäre stocksauer, würde sonst was denken. Aber vielleicht ist sie ja nicht so misstrauisch wie ich alter Wolf... Hoffentlich...

Danke für die Mail, hatte schon alle Hoffnung aufgegeben. Dachte, ich hätte irgend etwas falsch gemacht - aber was? Es scheint ihm mehr als leid zu tun, mich nun nicht gesehen zu haben (mir im übrigen auch!) Nun heißt es drei Wochen warten, eine lange Zeit. Ich werde mir die Enttäuschung aber nicht anmerken lassen, versuche es einmal auf die lockere, lustige Art zu beantworten. Karl, ich würde Dich am liebsten hier und jetzt sehen...

Ach Du arme Socke!

Als ich nichts mehr von Dir hörte, dachte ich, entweder ist
Bruder Carolus im Türkenland oder aber - der will sich um die
Currywurst drücken... Wie Du schon richtig kombiniert hast,
Pater Brown, ich muss ein wenig Brötchen verdienen gehen,
diese Woche mache ich das zur Abwechslung mal nachmittags.
Leider kann ich 5 alte Damen und 1 Herrn nicht im Regen
stehen lassen, oder? Könnten wir also unser Treffen nur
verschieben, wenn Du dann noch magst. Hast Du einen PC bei
,,Deiner Arbeit"? Ansonsten melde Dich doch einfach, wenn Du
wieder im Heimathafen vor Anker liegst.
Viel Spaß, zieh Dich warm an, sei nett zu Deinen Gästen und
,,Iss auch immer was Ordentliches".
Bless you, ,,my son".
Viele Grüße, Gerda

Das freut mich, dass sie mir nicht böse ist... Manchmal bin
ich eben blöd, ich muss mein Leben besser organisieren, damit
so etwas nicht mehr passiert. Möchte sie wirklich sehen, sie ist
lieb und verständnisvoll. Werde mich nochmal entschuldigen
bei ihr - hab mir auch ihre Bilder noch ein paar mal angesehen,
und habe irgendwie das Gefühl, als kennen wir uns schon lange.
Aber morgen fliege ich erst mal... Wir können uns ja mailen.
Meine Schuld, dass wir uns nicht sehen konnten

Dienstag, 21.9.2010

Hallo Gerdele

Ich weiß nicht, ob man Döner mit Weißbrot als ,,was ordentliches" bezeichnen kann - aber damit werde ich mich vollstopfen müssen. Letztendlich verdanke ich meinen Astralkörper den anatolischen Ernährungsgewohnheiten - umso besser schmeckt dann nachher die Currywurst in Münster... Wer die Türkei kennt, versteht den unmittelbaren kulturellen Zusammenhang zwischen der Musik und der Nahrungsaufnahme, denn wer jeden Tag so essen muss, kann ja nur noch jammern. Ich freue mich, dass wir uns nach dem Arbeitsurlaub sehen werden und Du ob des technischen Versagens nicht sauer bist. Dafür kriegste dann auch Sahne auf dein Eis oder die Currywurst... Nun viel Freude mit den alten Leutchen, bespaße sie ein wenig - Ich bin sicher, dass Du das voll im Griff hast. Im Übrigen bin ich per Internet weiterhin zu erreichen, nur die 4 Stunden im Flieger nicht...
Liebe Grüße aus Bielefeld
Carolus der Wandercharismatiker

Sehen wir uns also in drei Wochen. Schade einerseits, andererseits können wir uns vielleicht besser kennen lernen, wenn wir uns schreiben, mag ich sowieso lieber. Ich bin / wäre wahrscheinlich zu schüchtern gewesen und Karl gleich beim ersten Treffen für immer los geworden.

28

Sehr geehrter Herr

Ich denke ernsthaft darüber nach, auch mal solch einen Urlaub bei Dir zu buchen, nachdem ich von den essbaren Köstlichkeiten des Landes gehört habe. (,,sach" mal, um Döner zu essen, brauch ich doch nicht 4 Stunden zu fliegen, die gibt es auch hier um die Ecke) Also, ich habe immer von der tollen türkischen Küche gehört, Auberginenröllchen, gefüllte Weinblätter, Linsenbällchen, Teigtaschen, Joghurtdip, Fisch etc, pp... Die Musik, muss ich sagen, finde ich eher mehr als gewöhnungsbedürftig. Tee ist schon mehr meine Richtung, allerdings mit Milch, ohne Zucker- und geschüttelt, nicht gerührt... Ich wünsche Dir trotzdem viel Spaß, nimm Dir ein paar Bütterkes mit! Und warum sollte ich ,,sauer" sein, mich bringt nichts so schnell aus der Ruhe.
Guten Flug - Flirte schön mit der Stewardess - vier Stunden sind lang (und manchmal langweilig so ohne Zigarette).
Grüß mir Bielefeld,
Gertrudel

Schön - vielleicht kommt sie ja wirklich mal; die meisten denken nur drüber nach, und das war es dann. Aber ich werde sie mal in Münster treffen, und dann sehen wir weiter. Erstmal kleine Mail schreiben, aber eine mit Witz. Die versteht ja Spaß, und sogar meinen deftigen Humor... Das kann nicht jeder...

Hallo Gerda

Von der berühmten türkischen Küche habe ich natürlich gehört, in manchen deutschen Stadtteilen gibt es sie auch. Das einzige Land, wo es sie nicht gibt, ist die Türkei... Dort gab es diese Küche einst am Hof des Sultans - aber das ist lange her, nun stopft sich das Land mit Weißbrot und weißen Bohnen in Tomatengelumpe voll, oder Nudeln mit Kartoffeln und Reis, dazu ein Salatblatt. Von den schönen Stewardessen allerdings hörte ich - meine Flirtversuche werden regelmäßig mit professionellem Lächeln beantwortet, um nach dem Flug in die Gegenrichtung zu entweichen... Und einen Aufenthalt in Kappadokien kann ich unbedingt empfehlen. Ich kenne da einen Spezialisten, der weltweit als Experte gilt, ein alter brummiger Westfale, der aber durchaus auch mal aus sich selbst herauskommt, und wenn Du ihm eine Currywurst mitbringst, ist er zu fast allem bereit. Aber ich hoffe, dass wir uns vorher noch sehen im Münsterland und um den Aasee wandeln. Morgen geht der Flieger, und 8 Stunden nicht rauchen... Das wird heftig für mich. Werde mir paar Bücher über Gnosis, Orthodoxie und frühes Christentum mitnehmen - dann wird mir das Rauchen schon vergehen.
Lieben Gruß nach Weissenburg, und noch ein kleiner Link:
http://www.mediathek.wdr.de/...
Ich bin nicht ganz sicher, ob ich ihn Dir schon geschickt habe
Carolus der Wandercharismatiker

Tja, nun bin ich sprachlos! Habe mir das kleine Video vom WDR angeschaut, ein Bericht über Karl, ich bin nur noch hin und weg. Der Mann ist ein Traum! Ich werde ihm eine ganze Currywurstbude nach Kappadokien bringen, wenn er mich durch seine Höhlenkirchen führt , ganz im Ernst...
Also, er nennt sich ,,Wandercharismatiker", jemand der besitz- und heimatlos ist. Sympathisch...

Na!

Da habe ich mir was angelacht - einen Heimatlosen, der nix anne Füße hat! Sage mal, kennste den schrägen Typen aus dem Video? Scheint ein ganz Netter zu sein... Vielleicht kannst Du mir den mal vorstellen???? So und jetzt mal - Ernst komm her und Butter bei de Fische - SOLL ICH DIR EIN CARE-PAKET SCHICKEN???? Ich weiß von vielen, die liebend gerne in die Türkei fahren und vom Essen in den Hotels schwärmen. Aber, scheint wohl nur so in den Hotels zu sein. Ich werde nächste Woche meinen Bruder fragen, der ist nämlich z.Zt. in der Türkei und macht eine Schiffsreise. Aber, ich weiß es ja aus Ireland, dort gibt es Bohnen auf Labbertoast für die Bevölkerung, die Touris bekommen natürlich das volle Verwöhnprogramm. Wohnst Du dort in einem Haus, Hütte, Zelt, Hotel, Steinhöhle????? Die Landschaft aber (obwohl ich eigentlich ein ,,Wassermensch" bin) ist traumhaft schööööön.
Lieber Karl, sorry, aber ich muss jetzt erst einmal ,,Schluss machen", muss mich stylen, das dauert in meinem Alter etwas länger, und aus dem Haus hin zu meinen lieben alten Leuten. Ich denke mal, ich freue mich auf einen Spaziergang mit Dir um den Aasee, auch bei Regen.
Halt die Ohren steif,
Gertrudel

P.S. Liebe Grüße!

Die ist nett... Freut sich auf den Spaziergang, auch bei ,,Regen"... Muss ihr wohl wichtig sein. Wir werden bestimmt Spaß haben - aber zuerst noch mal ein Humortest. Morgen Abend habe ich bestimmt wieder etwas Zeit, aber jetzt gehen die Gäste vor.

Hallo Karl

Der Imam fiel in Ohnmacht... Wahrscheinlich, wenn er über den Untergang der Esskultur wüsste, andererseits ist das auch ein traumhaftes Gericht aus meinem Kochbuch, original türkisch, bestehend aus Auberginen, Tomaten, Knoblauch, Zwiebeln etc. pp. Wird mit Schafskäse Oliven, Paprika und Sardellen serviert.????!
Wünsche, Du hattest einen angenehmen Flug, die Stewardessen fanden Dich gnadenlos interessant, die Zigarette danach war der Traum schlechthin, Dein Bett bereitet Dir eine schöne Nacht, die Gäste sind nett, das Wetter ist traumhaft. Du vermisst absolut keine Currywurst...
Grüß mir den netten Mann aus dem Video, falls Du ihm begegnest.
Gerdi

Den Mann aus dem Video findet sie nett? Guter Aufhänger für ein paar Sprüche. Immer nach der Devise: ,,Lieber einen guten Freund verlieren als einen guten Spruch verpassen." Aber ich glaube, die kann einiges vertragen... Also los, an die Mailmaschine. Wenn wir uns dann treffen, weiß sie wenigstens, was sie erwartet. Hat absolut keinen Sinn, sich zu verstellen, das funktioniert sowieso nicht. Ich bin, wie ich bin, und wer damit nicht klarkommt, passt sowieso nicht zu mir...
(Was hab ich da gerade gedacht?) Karl, Karl...

Hallo Gerda

Schwer zu arbeiten habe ich hier, komme gerade von einer Tour mit zwei Chinesinnen zuruck, und morgen fruh geht es weiter. Die Freunde sind sehr begeistert von Kappadokien, und ubermorgen hab ich dann Zeit fur sie, dafur werden die mich in Deutschland mit Putenbrust und Grunkohl, Sahne, Preisselbeeren und Heringstipp abfuttern. Den Imam, der in Ohnmacht fällt, kenne ich naturlich- in den Restaurants gibt es ihn aber selten mal, meist nur Doner vom Huhn. Danke fur die Currywurst, und den netten Mann aus dem Video stelle ich Dir sehr gerne vor. Er heißt Christoff Prassel und gibt sich alle Muhe, aus dem Dollmann mit dem grunen Hut einen vernunftigen Satz rauszuholen. Schaumama, wie wir das arrangieren. Ich freue mich jedenfalls schon auf einen Spaziergang und ein dickes Eis in Munster... Ob ich es wohl schaffen werde, Dich zum Lachen zu bringen?
Liebe Grusse aus Goreme
Karl

Hier ist grad das u mit Punkten kaputt...

Ach Du heiliger...!!
Nun hat der mich auch noch falsch verstanden, was soll er von mir denken? Erst schreibe ich ihm und dann sage ich, (angeblich!) ich mag den Reporter...
Was für ein Blödsinn! Das muss ich schnellstens korrigieren, sonst ist er noch sauer, ich mag doch nur den ,,dusseligen Wandercharismatiker"...

Guten Morgen Karl

Nee, geh mich wech mit dem Reporter, auch wenn er einen
schönen Vornamen hat! Ich würde gerne den ,,ver-rückten"
Höhlenforscher kennen lernen!
Im übrigen - ich lache gerne und viel und rede oft nur dummes
Zeug - sagen wir mal so, ich bin irgendwie noch nicht dazu
gekommen, erwachsen zu werden...
Gestern war ein Bericht aus Kappadokien von einer Frau, die
dort ein ,,Höhlenhotel" hat. Sie ist auch aus good old Germany
und hat sich in das Land und die Leute verliebt.
Kappadokien scheint wohl im Moment der Geheimtipp zu sein.
(in zehn Jahren geht es dann da wohl zu wie auf Malle???)
Hoffentlich nicht!
Viel Spaß, liebe Grüße,
Gerda

PS. Carepaket: Heute mal Lust auf Lasagne und einen großen
Salat?

Lasagne ist nicht mein Fall - das Mädchen schon. Den Scherz
hat sie verstanden, und die Aussage ist ja deutlich... Werde ihr
ein wenig zu Kappadokien und Tourismus schreiben, sie war ja
lange in Irland, dann versteht sie, wie es ist in einem fremden
Land. Sie weiß auch, welche Sehnsüchte da entstehen. Schau
mir ihre Bilder noch mal an, dann maile ich was originelles.
Ich glaube, sie lacht gerne und viel...

Schönen guten Abend, Gertrudel

Da ich selbst ein alter Kindskopf bin, kann ich wenig zu deiner
Erziehung beitragen... Aber den Höhlenmann kenne ich ganz
gut, und ich werde ihn sicher überreden können, sich mit Dir am
Aasee bei einem Rieseneisbecher zu treffen. Die Frau da aus
Deutschland - das ist die B...K..., bei der ich ein kleines Zimmer
im Keller bewohne, wenn ich in Kappadokien bin - und keine
Angst, da es hier kein Meer in der Gegend gibt, kommen auch
die ganzen Dollmaenner, die Malle besudeln, nicht hierher. Es
bleibt ein Paradies für Frauen mit Phantasie und Lebensfreude,
die gern lachen und auch sonst was in der Birne haben, und
Maenner mit Hut mögen, die in Höhlen kriechen...
Liebe Grüsse und guten Hunger bei Preisselbeeren mit Quark
wünscht Dir
Karl der Wandercharismatiker

P.S. Ich freu mich auf Dich...

*Gott sei Dank, er hat es mit Humor genommen. Er freut
sich auf mich, na, wenn der wüsste, wie sehr ich mich auf ihn
freue... Schaue mehrmals täglich in meine Mail und träume
nur noch von ,,Männern mit Hüten". Wie soll das denn enden?
Verliebt bis über beide Ohren in jemanden, den ich eigentlich
nicht kenne. Und doch ist er mir schon so vertraut...*

Guten Morgen Karl

Ich liebe Hüte, Männer mit Hut, selbst die jungen Männer haben teilweise wieder den Hut entdeckt... Das Kappadokien nicht zum 2. Ballermann werden kann, beruhigt mich dann doch. Mein Bruder war letzte Woche auf einer Schiffsreise im Mittelmeer / türkische Küste. Das war das Horrorerlebnis schlechthin, wie er erzählt. Das ganze Schiff voller Deutsche, die in Badehose und Addiletten zu Tisch kamen und sich vollstopften, dazu nur dumme Sprüche... (Zementha, tu Dir ma dat Necklischee anziehen!- Dschärimie komm wech da bei die Assis!) Die einzig netten Gäste waren 5 junge Türken... Wie Du mir schreibst, bist Du nicht nur heimatlos / besitzlos, jetzt auch noch ein Kellerkind in einer türkischen Höhle. Da muss ich mal drüber nachdenken, ob ich Dir nicht ein Rieseneis spendieren soll. Jetzt und gleich...?! Freue mich immer über Deine Mail - Danke, habe schon viel zu lachen gehabt, Bruder Carolus.
Für heute viele Grüße aus dem kalten aber sonnigen Münster, Gerda (eine ganz normale, nicht erwachsene Krankenschwester, die so schnell nichts aus der Ruhe bringt)

Den Hut habe ich extra für das Fernsehteam aufgesetzt... Und das Rieseneis hätte ich jetzt gern - und sie möchte es sogar spendieren. Das lässt tief blicken. Was schreib ich denn jetzt mal? Zu diesen Urlaubsreisen habe ich keine Meinung, so was ist meistens doof... Also bisschen Small-Talk machen. Einfach in Kontakt bleiben... Schreibe was von mir, damit wir wieder was Persönliches finden, sonst reißt der Faden ab. Bin ja auch morgen an der Küste, da kann ich anknüpfen...

Hallo Gerda

Du bist der Sonnenstrahl in meiner transzendentalen Obdachlosigkeit, Du erleuchtest mein Gemüt mit bunten Bildern und netten Mails, wofür ich Dir nicht genug danken kann... Bin mit den Freunden unterwegs zu neuen Abenteuern, morgen geht es an die Mittelmeerküste, wo ich meinen askesegepeinigten Astralkörper dem Salzwasser überantworten werde. Hoffentlich hab ich da nicht ewich die Weiba anne Hacken... Ich freue mich schon auf den Eisbecher, er wird meine Wunden erquicken und laben... Wie gut, dass Du mein Armutsgelübde zu berücksichtigen gedenkst - meine Freude über soviel unerwartete Sensibilität kann ich kaum in Worte fassen... Bin schon ganz gierig... Liebe Grüsse ins Münsterland.
Bis bald
Kalle, ein ganz normaler Wandercharismatiker

Ja, dass er ewich die Weiba anne Hacken hat, kann ich mir vorstellen. Und ich bemerke, dass mich das eifersüchtig macht...!? Gott, da schreibe ich einem Mann, in den ich mich so langsam aber sicher verliebe, schon verliebt habe...? Versuche, der Realität ins Auge zu schauen, (alte Frau, Träumerin...) mir zu sagen, werde doch mal erwachsen, doch es funktioniert nicht. Will ich ja auch gar nicht! Auf jeden Fall hat er auch ein gewissen Interesse an meiner Person, sonst würde er nicht so schöne Dinge schreiben. Und schreiben, das kann er gut. Wie er wohl live und in Farbe ist?

Lieber Bruder Carolus

Für mich als ganz normale Krankenschwester mit Helfersyndrom ist es doch eine Selbstverständlichkeit, mich um die Armen und Kranken zu kümmern. Ich habe in einem katholischen (Nonnen-Krankenhaus) gelernt, erschien meinen Mitschwestern als entweder äußerst fromm oder aber rettungsbedürftig- die wollten mich unbedingt in ihrem Kloster aufnehmen! Na ja, habe ich mir da gedacht, so mit Jesus als Verlobten ist vielleicht gar nicht so schlecht, bloß, der Haken an der Sache ist, der Kerl hat ziemlich viele Verlobte...! und so ganz ohne Männer läuft die Schose nicht, nee - ich will keine Schokolade - ich will lieber einen Mann. Den habe ich dann auch bekommen. 1,86 groß, 120kg, Ostfriese, 29 Jahre lang (Lebenslänglich ist 25 Jahre, oder?) Also, ich denke mal, ich habe ,,meine Strafe" abgesessen... Ich hoffe, Du kannst schwimmen!? Carepaket anbei: Rettungsring, Schlauchboot und eine kräftige Rettungsschwimmerin. Und heute Abend - einen alkoholfreien Drink am Strand mit Sonnenuntergang...
viel Spaß, woll!
Dein Gertrudel

Ach Du jeeh, die steht auf Riesenkerle. Da kann ich nicht mithalten, ich bin ja eher schmächtig. Nehmen wir es mal mit Humor, schicken noch ein Bild mit, und dann hören wir mal, was kommt. Schließlich kann ich mich ja nicht größer machen. Außerdem kennen wir uns ja noch gar nicht, und mich verstellen, irgendwas sein zu wollen, was ich nicht bin, geht sowieso schief, und letztendlich bin ich genau deshalb aus Deutschland weg, weil ich Ich sein will...

Samstag, 2.10.2010

Liebe Schwester Gerhild

Gelobt seien deine Worte - aber ob ich mit 120 Kilo konkurrieren kann, erscheint mir doch fraglich. Anbei statt einer Zustandsbeschreibung zwei Bilder, die mehr sagen als tausend Worte, auch wenn sie schon zwei Jahre alt sind... Und die Nacht werde ich Bus fahrend und in tiefer Meditation verbringen, um mein inneres Gleichgewicht wiederzufinden, um welches Du mich zu bringen drohst... Morgen früh dann werden sanfte Wellen mich umschlingen und eine gnaedige Sonne mein Haupt röten... Hoffentlich klappt das mit dem Fotos anhaengen, in technischen Dingen bin ich absolut dämlich - bin halt eher so ein spiritueller Typ...
Bis bald und allerliebste Grüsse
Carolus

Och Kalle, Du sollst doch gar nicht mit 120 Kilo konkurrieren, ganz im Gegenteil! Die Bilder - so ein Shit aber auch, würde ich gerne sehen, kann es aber nicht, Karl en miniature. Das Aktfoto scheint einfach nur der Hammer zu sein, bloß, es ist nichts zu erkennen... Ich bringe ihn aus dem Gleichgewicht - na, mein fester Boden unter den Füßen beginnt auch schon ganz erheblich zu wackeln! Und: ,,die allerliebsten Grüße zum Abschied"..! Entweder meint er das wirklich, oder aber... Nein, kein ,,oder aber"! Das glaube ich nicht. Er meint das so. Wenn ich die Bilder doch bloß sehen könnte!!!

Samstag, 2.10.2010

Liebster Bruder Carl

Die Fotos sind zwar angekommen, jedoch soooo klein, das ich gar nichts darauf erkennen kann. Vielleicht ist das ein Zeichen?! Keuschheit, lieber Bruder! Weißt Du doch - die größte ,,Hurerei" fand damals im Kloster statt... War, wie immer, auch heute mal im Buchladen, meinem Zuhause. Da gibt es ein Buch: ,,Plätze, wo Du nicht hinfahren musst." Fahre nicht nach Kappadokien, lohnt sich nicht, man sieht mehr im Internet als in Wirklichkeit. Bloß nicht nach Göreme (?) Da läufst Du durch die ,,Pampa", brichst Dir die Haxen und die Orthopäden sitzen dort vor Ort und freuen sich auf die Kundschaft. Möchte Dich um ,,Gottes Willen" nicht um Deine Keuschheit bringen! Wie gesagt, bin nur eine ganz normale Krankenschwester mit Helfersyndrom, die gerne auch mal meditiert. Und es geht ja nur um einen Spaziergang mit Eisbecherbelohnung, wenn Du magst, sogar Currywurst als Vorspeise. Mach Dir also keine Gedanken, woll! Gerda sorry - natürlich - Sr. Gerthild

Ach schade, dass die Bilder so klein sind, ich hätte gern ihren Kommentar gehört. Es geht ihr ja nur um einen Spaziergang mit Eis essen und ein bisschen reden, das betont sie extra. Mit anderen Worten: mach Dir da keine Hoffnungen. Sehr deutlich. Trotzdem - das Schreiben mit ihr macht Spaß, und ich als ,,Klosterbruder" antworte mal ebenso, und werde von allen Versuchungen des Fleisches absehen. Ist schon in Ordnung...

Montag, 4.10.2010

Geliebte Schwester

Eine höhere Macht muss die Fotos so unkenntlich gemacht haben - und es ist sicher gut so. Sie hätten Dir die Schamesröte ins Gesicht getrieben und den Teufel geweckt... Und meine Keuschheit verlor ich vor langer Zeit - auch ich war nicht frei von Versuchungen und schwach, und manches Weib kniff mich hinterhältig in den - kaum wage ich es zu sagen - und ich sage es auch nicht. Wahrscheinlich wussten sie nicht, welche Kräfte sie durch solche Gedankenlosigkeit entfesselten, und ich sehe es ihnen nach... Es ist gut, dass Du einen Mann suchst, der Dich beschützen kann vor der Unbill und Heimtücke des Daseins, Dich aufklären kann über des Fleisches Wollust, die zu bekämpfen wir auf unsere Fahnen geschrieben haben. Welch merkwürdig Buch in dieser Bibliothek - aber wenn derartige Weicheier Bücher schreiben dürfen, muss ich doch Einspruch erheben... ,,Gehe in das Land, dass ich Dir zeigen werde" - da hat wohl jemand nicht richtig zugehört und sich literarisch vergriffen.
Ich muss jetzt Schluss machen, das Internet - Cafe schliesst
Bis bald, arbeite ohne Murren und Klagen
Bruder Carolus

Danke Karl, das Du mir schreibst. Jeden Tag, oder besser gesagt, mehrmals am Tag, sehe ich in meine Mail und warte sehnsüchtig auf eine Antwort. Ich freue mich schon sehr, ihn bald in Münster zu treffen. Obwohl - wie es so klingt aus seinen Briefen, er hat den fleischlichen Gelüsten adieu gesagt. Ach was, schauen wir einfach mal...!

41

Hallo Schwester Gerhild

Bilder aus meiner Zeit als Model... Herr vergib mir, ich kann nicht anders...

  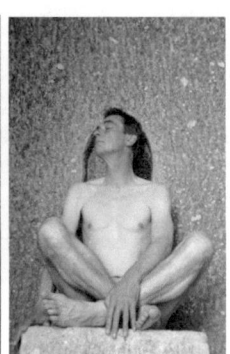

Fotos: Gülay Keskin

Einfach nur - ein Engel... WOW!!! Ich glaube, wenn er mich zu Gesicht bekommt, gehen wir eine Stunde spazieren und das war es dann. Wie immer... Ich, zu dünn, zu unscheinbar, zu nichts sagend. Ach, lass es doch dieses Mal anders sein...!

Ups, Bruder Karl, ich muss schon sagen!!!

Aktkunst, Du gütiger Vater, dieses arme Geschöpf, ohne Jesuslatschen auf kaltem Felsen... Ich bin sprachlos. Oder sollte man sagen: Superaffengeil... Ich weiß, ich sollte jetzt meinen Mund mit Seife auswaschen, solch ein Wort spricht man als alte Frau nicht aus. Zur Strafe werde ich mich nun mit putzen und flicken beschäftigen, um wieder klare Gedanken in meinen Kopf zu bekommen und die Bilder sofort löschen! Eine weitere Bemerkung - ja, Du musst noch SEHR an 120 kg arbeiten. Oder besser lieber dann doch nicht, es sei denn, Dir schwebt eine Karriere als Rubens-Model vor. Zieh Dir besser etwas mehr als Jesuslatschen an, wenn Du wieder zurück zu kommen gedenkst. Die deutschen Zollbeamten haben so gar keinen Humor - sage ich aus eigener Erfahrung. Andererseits - vielleicht machst Du ja so mehr Eindruck auf die Stewardessen?
Ich grüße Dich nun auch ganz herzlich, werde mich sofort ans Flickzeug begeben.
Gerda

Die Bilder haben ihr gefallen... Aber ein paar coole Sprüche hätte ich mir von ihr doch gewünscht. Ich schick ihr noch ein paar, aber ganz neutrale. Schließlich habe ich jetzt gelernt, wie es funktioniert mit dem Anhängen von Fotos. Bin richtig stolz auf mich... Und ein paar Sprüche fallen mir ja meistens ein...

Dienstag, 5.10.2010

Liebe Schwester

Diese Bilder sollen Dich ein wenig vom Schock ablenken, den Du gestern erlitten hast. Leider bin ich thematisch etwas eingeschränkt... Den erlittenen Schaden werde ich wieder gutmachen und Eis sowie Currywurst übernehmen, als kleine Hilfe, damit Du Dich wieder neu im Alltag zurechtfindest. Ich wünsche Dir flinke Finger und Konzentration... Du siehst aber, was Monate türkischen Essens bzw. Nichtessens anrichten - sicher ist dein fürsorgliches Herz gerührt worden beim Anblick eines solchen Hungerhakens. Da mundet auch die Currywurst gleich ganz anders... Hier ist es jetzt windig in Olympos, langsam naht der Herbst. Zeit zu gehen - aber erst noch ins Museum und die Altstadt von Antalya.
Liebe Grüsse, bleib keusch und halte unreine Gedanken von Dir fern.
Karl der Wandercharismatiker

Diese Bilder... Dieser Mann ist der ,,Hammer", und das weiß er auch. Und so was soll ein Mönch geworden sein? Fühle mich selbst klein und unscheinbar, würde auch gern so sein und leben wie Karl, nur - Mut dazu habe ich nicht mehr. Oder vielleicht doch?

44

Wow!!

Lieber Bruder...

habe den ganzen Nachmittag damit verbracht, zu putzen und zu
flicken, aber irgendwie übt dieses Medium des Internet magische
Kräfte aus und ich konnte nicht anders, als noch einmal hinein
zu schauen. Welch ein Labsal, welch Schönheit, bloß der
dusselige Mensch, manchmal mit Sonnengläsern, manchmal mit
Mr. Birkenstock, mogelte sich immer wieder in die Fotos ein.
Was will dieser Kerl? Aufmerksamkeit? Wie auch immer -
vielleicht denkt der ja: in mir schlummert ein Genie, nur wird
das Biest nicht wach! Ich rate ihm mal - Küss doch Deinen
Löwen munter! Aber vermutlich - dieser Mensch hat den Löwen
schon ganz schön wach geküsst! Viele Menschen müssen das
noch (mich eingeschlossen),war zu lange ,,Lebenslänglich"
Danke Karl, für die tollen Aufnahmen!
Bin noch nicht so perfekt wie Du, aber - ich arbeite daran!
LG Gerda

Jetzt bin ich erst mal platt. Die hat auf Anhieb meine
Schwachstelle erkannt. Vielleicht habe ich zu dick aufgetra-
gen in meiner Selbstdarstellung... Sie hat ja recht, Menschen
wie ich, denen es an Selbstbewusstsein mangelt, neigen dazu, sich überzubewerten und in den Vordergrund zu schieben.
Jetzt muss ich kleine Brötchen backen und ihr mitteilen, dass
sie mich durchschaut hat. Aber alles andere als absolute Ehrlichkeit ist sowieso Blödsinn, ich werde ihr schreiben, was ich
denke, und mich für meine große Fresse entschuldigen. Sie wird
es hoffentlich verstehen...

Dienstag, 5.10.2010

Hallo Gerda

Da muss ich wohl einen falschen Eindruck erweckt haben - ich bin eher ein einsamer Wolf, von Selbstzweifeln geplagt, der im Moment nicht so richtig weiss, wo er hin will... Aber es ist schön, so per Netz ein bisschen rumzuflachsen mit dir. Bin gespannt, wenn wir uns bei Currywurst etc. mal begegnen. Sicher bin ich ganz anders, als Du es Dir vorstellst... Aber ich freue mich auf unser Treffen.
Erstmal liebe Grüsse vom Mittelmeer
Karl

Was habe ich nun gemacht? Er hat mich ganz falsch verstanden. Ich wollte ihm doch nur sagen, dass ich ihn bewundere, selbst so oder wieder so sein möchte wie er. Anscheinend ist er doch ganz anders. Ein einsamer Wolf... Möchte ihn gerne in den Arm nehmen und streicheln. Ich freue mich auch auf ein Treffen, jetzt erst recht. Ich muss mich bei ihm entschuldigen, ganz schnell! Hoffentlich mag er mich noch, habe ich ihn beleidigt? Oh mein Gott, könnte ich das letzte Schreiben doch zurück nehmen...

Hallo Du einsamer Wolf
Vielleicht hast Du mich falsch verstanden?? Wollte KEINE Kritik üben - eher das Gegenteil. Ich denke schon, dass ich ungefähr weiß, wie Du tickst, habe ja auch das Video vom WDR ange schaut... Denke, das war der echte Karl, ohne Schnörkel. Und wie gesagt, flachsen ist schön! Das wissen auch die alten Menschen an mir zu schätzen, ich bin nicht so langweilig wie meine Kollegen. Mich darf man auch mal im Arm halten, mit mir tanzen, ich ser- viere Harry Potter Bowle, (keinen ordinären Saft) zum Nachtisch gibts Puddeling, wenn es mal jemandem nicht gut geht, kommt er in meinen Arm und ich streichele ihn / sie. Viele ältere Männer haben schon oft gesagt: wenn ich 15 Jahre jünger wäre... Oder - wenn ich nicht verheiratet wäre... Dabei bin ich nun wirklich keine Schönheit (war ich vielleicht mal vor 30 Jahren). Aber - Schönheit vergeht - das Herz spricht lauter! Übrigens - Aktkunst finde ich sehr interessant. Ich liebe Kunst. Habe in Irland bei einem Bild- hauer gearbeitet, er hat mir viel beigebracht, wenn ich könnte, wäre das eigentlich noch mal mein Traum - Kunst zu studieren... Also, ich weiß ja nicht, wie Du mich „siehst", ein typisches Kar- bolmäuschen, dass unbedingt einen Arzt abbekommen will, bin und war ich nie. Die Krankenschwester ist einfach so in mein Le- ben gerückt, richtig Spaß hat sie nie gemacht. So, und getz geh mal schön schwimmen, lass die Sonne auf Deinen Wolfspelz schei- nen, woll! Und wenn Du mal nach Münster kommst, möchte ich gerne mit dem Wolf tanzen...
Alles Liebe, Gerda

Sie ist wirklich sehr lieb - ich glaube, sie hat sich erschro- cken. Aber zum Nachdenken gebracht hat sie mich, mit dieser Treffsicherheit. Sie steht zu ihren Schwächen, hat aber eine Nei- gung, sich abzuwerten, jedenfalls ist das mein Eindruck. Das war mir bei der ersten Mail schon aufgefallen. Bei ihr provo- ziert Schwäche keine Stärke, sie kann zuhören - Sie empfindet sich nicht als schön, wie fast alle Frauen. Ich sehe sie anders. Ich mag sie.

Hallo Gerda

Danke für deine Mail - Ich glaube, ich hatte etwas falsch
verstanden, was Du geschrieben hast über den Kerl mit der
Sonnenbrille - da hab ich die Ironie nicht gehört. Und Du bist
auch keine gewöhnliche Krankenschwester, sondern jemand, der
Seele und Persönlichkeit mit einbringt in die Arbeit, und ich
muss gestehen, dass mir das in den Jahren, die ich als Pfleger in
Bethel war, nicht gelungen ist. Dafür bewundere ich Dich, und
die alten Herrschaften, die Du in den Arm nimmst, beneide ich...
Ach, wäre ich doch 20 Jahre aelter!! Von Kindesbeinen an habe
ich gelernt, dass alle die Knie krumm machen beim Kacken, und
keiner wertvoller ist als der andere. Und ich nehme für mich nur
in Anspruch, ein normaler Mensch zu sein und nicht mehr. Es
tut gut, mit Dir zu schreiben, und deine Ehrlichkeit mag ich
(und ausserdem bist Du schöner als Du es glaubst). Beim
Tanzen wird Dir der Wolf heftig auf die Füsse latschen, Du
solltest Sicherheitsschuhe tragen wie auf einer Baustelle. Aber
ich werde mein Bestes tun, deine Schmerzen in Grenzen zu
halten. Morgen ziehen wir weiter nach Antalya, dann noch
4 Tage, und Almania hat uns wieder. Falls Du mal Lust hast,
kannst Du mich anrufen im Türkenland, die Nummer findest Du
auf meiner Webseite, kenne sie selbst nicht, ich rufe mich so
selten an... Gibt es eigentlich ein Museum für moderne Kunst in
Münster? Da könntest Du mir was über Bildhauerei erzählen...
Nach der Currywurst.
Liebe Grüsse vom Mittelmeer
Karl der Wandercharismatiker

*Diese Mail sagt mir viel, erinnert an mich und mein Leben...
Ich bin schöner, als ich glaube - vielleicht. Nur, der Glaube
an mich selbst ist mir schon ziemlich früh genommen worden.
Aber das ist eine ganz andere Baustelle... Ich tanze liebend
gerne mit dem Wolf, mit oder ohne Sicherheitsschuhe, ganz
egal...*

Guten Morgen Karl,

es gibt das Picasso Museum, mit wechselnden Ausstellungen...
Des weiteren das Landesmuseum und das Stadtmuseum. Also, in
Münster kann man schon viel erleben, wenn Mann / Frau mag...
Gerda

und viele Grüße, woll

Na gut... Gehen wir Kunst kucken oder sonst was... Ist ja
nicht so wichtig, es geht ja ums kennen lernen, alles ganz
zwanglos. Mit der Currywurst in der Hand zu Picasso - das
hätte ihm gefallen. Sicher kennt sie sich aus, und kann mir
etwas über Kunst erzählen, dann wird sie sich wohlfühlen mit
mir... Das wird sicher ein schöner Tag, und sie kann bestimmt
eine Menge erzählen. Aber vielleicht können wir uns ja auch
überhaupt nicht leiden, wenn wir uns gegenüber stehen. Damit
muss man rechnen, Menschen sind ja meist ganz anders, als sie
sich darstellen. Ob das auch für mich gilt?

Donnerstag, 7.10.2010

Hallo Gerda

Bin grad unterwegs in Antalyas Altstadt mit den Freunden...
Deshalb wenig Zeit, aber ein lieber Gruss
Bis bald
Karl

Zeit habe ich keine, aber ich möchte nicht, dass der Kontakt abbricht oder sie denkt, dass sie mir egal ist. Sie soll wissen, dass ich an sie denke. Aber Job ist Job, - die Zeit reicht nur für einen schnellen Gruß.

Schön, zumindest schickt er einen Gruß, wenn er auch nicht viel Zeit hat. Mit welchen Freunden er wohl unterwegs ist? Ich wäre auch gerne dabei... Die Altstadt von Antalya, wie sieht die aus? Muss ich mir gleich einmal herunterladen und anschauen. Was habe ich eigentlich von der Welt gesehen? Nicht sehr viel, andererseits - weitaus mehr, als wenn ich mein Leben ausschließlich im Sauerland verbracht hätte. Es wäre schön gewesen, mehr mit Karl zu plaudern... Ich fühle mich zur Zeit ziemlich einsam ohne seine Zeilen... Wie das wohl sein wird, wenn ich ihn treffe? Haben wir uns viel zu sagen?...

Hallo Karl

Vielen Dank für die Grüße. Hoffe, dass es in Antalya Currywurst für Dich gibt? Aber wohl nicht, Schweinefleisch ist eher ein No Go im Lande der Türken. Versuchs doch mal in Irland. Dort gibt es auch viel zu sehen und entdecken, und da bekommst Du sogar zum Frühstück Würstchen und Speck, Rührei, Nierchen, Leber und Labbertoast.
Grüße zurück, viel Spaß,
Gerda

Döner, Döner, Döner...

Sie schreibt wohl nur, damit der Kontakt nicht abbricht. Habe ich registriert. Ich bin ja auch sehr interessiert an ihr. Man kann ja auch mal belangloses Zeug schreiben, muss ja nicht alles triefen vor Tiefgang. Sie albert gerne rum, nimmt sich nicht so wichtig, und macht sich gerade dadurch interessant. Wir treffen uns bald, und es wird bestimmt ein netter Tag werden. Aber nur, falls sie nicht zum Türken essen gehen will. Ich brauche mal wieder was Ordentliches zwischen den Zähnen...

Hallo Gerda

Nun wird es kühl am Mittelmeer, zwei der Freunde sind heute geflogen, und am Dienstag, fliege dann auch ich. Freue mich auf Zentralheizung etc...übrigens war ich noch nie in Irland - muss wohl daran liegen, dass es so wenig Höhlenkirchen gibt dort, und mit Guinness kann ich auch nichts anfangen. Hat halt jeder seinen eigenen Geschmack, was Leben und Länder betrifft. Nun freue ich mich auf Münster, Currywurst, Sahne, Preiselbeeren und Dich...
Bis bald, liebe Grüsse
Karl

Karl freut sich auf mich. Das muss ich erst einmal „verdauen". Meint er das nun im Ernst oder ist es nur eine Floskel? Aber eigentlich klingen seine Mails immer ehrlich. Und warum sollte er schreiben, was er gar nicht meint? Wenn er nicht an mir interessiert wäre, würde er doch gar nicht schreiben, oder? Ein „einsamer Wolf" auf der Suche nach der Wärme einer Zentralheizung! Ich freue mich auch auf ihn, sehr sogar.

Hallo Karl

Danke für die Mail. Ich wusste nicht, dass Du Dich
ausschließlich für Höhlenkirchen interessierst, denn Kirchen im
Allgemeinen und auch im Besonderen finde ich immer spannend.
Ist ja auch Kunst. Oder alte Friedhöfe... Zentralheizung kannst
Du wirklich bald gebrauchen, nachts gibt es hier schon
Bodenfrost. (bestes Kuschelwetter).
Alles Gute, Gerda

P.S. Ich war noch nie in der Türkei, kann also nichts weiter
darüber sagen. Aber von den Bildern im Internet - es ist
traumhaft schön...

Irgendwas versteht die falsch... Ich mach doch auch mal was
anderes sehen als immer nur Höhlenkirchen. Bin ich soooo einseitig, oder meint sie das gar nicht wirklich so? Wahrscheinlich
hab ich mich zu einseitig dargestellt - werde ich korrigieren mit
der nächsten Mail. Und sie spricht von ,,Kuschelwetter" - was
soll ich denn davon halten? Soweit sind wir doch noch gar nicht
- aber wer kennt sich schon mit den Frauen aus? Ich jedenfalls
nicht.

Hallo Gerda

Ich interessiere mich doch nicht ausschließlich für Höhlenkirchen... Meine erste Liebe war Italien mit all seiner Kultur, habe doch auch Latein studiert. Wollte zuerst an der türkischen Küste siedeln, wo all die antiken Städte liegen - bis ich Kappadokien kennen gelernt habe. Das war's einfach für mich unverbesserlichen Kindskopf... Heute ist es warm, aber windig, und schwimmen ist schwierig. Morgen früh wird mal reingehüpft, und übermorgen dann in den Flieger. Wenn Du magst, meine Tel. in Almania 0521 4...7. Oder schreib mir einfach, wann ich wo sein soll zur Currywurst...
Freu mich, bis bald
Karl

Natürlich hast Du noch andere Vorlieben, aber davon wusste ich bis heute nichts. Du hast nicht so viel von Dir erzählt. Schön, auch mal mehr zu erfahren. Italien ist wahrscheinlich auch so ein traumhaftes Land und die Sprache mag ich... Langsam wird es ernst, wir sehen uns in ein paar Tagen... Wenn ich daran denke - Ich habe Flugzeuge in meinem Bauch!!!

Guten Morgen ,,Bruder Carolus"

Bella Italia, wunderbare Sprache. Man kann leidenschaftlich
fluchen und es hört sich immer noch gut an... Ach weißt Du, die
ganze Welt ist voller Wunder, die zu entdecken sind. Leider hat
Mann / Frau gar nicht so viel Zeit, das Leben ist einfach zu
kurz. Na, dann paddel heute noch einmal in den ,,wonnigen
Wogen der geischenden See". Ab Morgen wird es dann ziemlich
kalt, Thomas sagt, er kann heute nur mit Mütze und
Handschuhe Fahrrad fahren. Thomas ist mein WG-Partner.
Wenn es Dir passt, ich hätte am Wochenende die meiste Zeit.?
Rufe Dich aber nochmal an, okay? meine Telefonnummer: 0251-
xyyy xy xy, Handybesitzerin bin ich nicht, liegt in der Familie,
muss wohl erblich sein. Oder - mit leichtem Gepäck reist Mann /
Frau besser. Pass auf Dich auf, oder, in Irland sagt man: God
bless you!
Freue mich auch, mal den Wandercharismatiker live und in
Farbe in Augenschein nehmen zu dürfen...
Gerda

Bei ihr muss ich mich nicht durchstylen oder so was, werde
ganz normal hingehen, sowie ich immer bin. Aber Löcher
in den Strümpfen sollten nicht sein, und duschen und rasie-
ren vorher versteht sich von selbst. Und Kleingeld einpacken
für Parkautomaten und Currywurst. Regenschirm auch nicht
vergessen...

Hallo Schwester Gerhild

Ich werde leicht gebräunt und geschniegelt zur Stelle sein, vorher noch etwas Rouge auflegen. Ich komme gerade aus dem Wasser, es ist wieder wunderbares Wetter. Für Farbe ist also gesorgt - und dann monatelang Deutschland und Zentralheizung - mal schauen, ob sich das zwischendurch mal ändern lässt. Am Wochenende bin ich zu einer Geburtstagsparty eingeladen - aber Münster ist ja nicht weit, und Freitagabend oder Sonntagabend tät mir gut passen... Bin gespannt auf deine Stimme, wahrscheinlich werden mir die Knie weich... Freue mich jedenfalls - Ankunft Dienstag, gegen 19 Uhr.
Bis bald, liebe Schwester, und eine schützende Hand möge über deinem Haupte weilen...
Carolus

Och nee! Hatte mich so auf Karl am Samstag gefreut, den ganzen Tag ihn kennen zu lernen und jetzt kommt so eine blödsinnige Geburtstagsparty in die Quere! Ihn zum ersten Mal nur abends zu treffen, darauf habe ich wirklich so gar keine Lust. Und nun? Ich bin enttäuscht, traurig, sauer, könnte heulen! Es wäre auch zu schön gewesen...

Hiya Karl,

Na, nun werde ich nervös. Muss unbedingt zum Friseur, zur Kosmetikerin, neue Klamotten kaufen, auf die Sonnenbank, zum Fett absaugen, meine Brust vergrößern lassen - und, ach ja, Maniküre, falsche Fingernägel... Aber, ob se mich dann wieder erkennen tust??? Bleibe ich also auf dem Teppich und so wie ich bin, weniger Stress auf jeden Fall. Am Freitagabend kann ich nicht, da bin ich eingeladen. Sonntagabend? Weiß noch nicht, wollte Dich ja eigentlich auf Deine Tageslichttauglichkeit „testen". Fotogen bisse ja... Denke mal, wir telefonieren.

P.S. Heute Abend bin ich auch nicht zu Hause... SORRY!
Hier ist es erbärmlich kalt, zieh Dich warm an.
Alles Liebe, Gerda

P.P.S. Aber schreiben kannst Du auch, wenn ich nicht zu Hause bin - war nur ein blöder Witz...

Na los, mach hin... Wann denn jetzt? Oder hast Du noch andere Termine zum Kerle anschauen? Die Konkurrenz schläft ja nicht. Wundern würde es mich nicht, wenn sie sich noch mit anderen trifft. Und so toll bin ich ja nun auch nicht, nur ein kleiner Wandercharismatiker... Bitte nicht zu viel erwarten, liebe Gerda, sonst wirst Du nur enttäuscht. Das gilt auch für Dich, Karl

Hallo und guten Morgen Karl!

Ich hoffe, dass Dich die Eiseskälte in diesem unseren Lande nicht umgehauen hat. Nun frage ich mich, wann kann man diesen Mann wohl anrufen? Schläft der gerne lang, ist das ein Morgenmuffel...? Also dachte ich mir, schick ihm erst einmal eine Zigarette, einen Pott Kaffee und Orangensaft rüber - zum wach werden sozusagen. Versuche gegen Mittag mal mein Glück. Gehe bis dahin zum Liften, in die Stadt zum shoppen, zum Frisör und werde dann mit meinen Freundinnen einen Champagner und ein bis zwei Salatblätter zu mir nehmen. Also, bis dahan!
Trudel

P.S. ist Dir doch Recht, wenn ich Deine Kreditkarte mitnehme...
Tschüss

P.P.S. keine Angst, ,,sonne Tussi" bin ich nicht.

Ich schlafe ganz schön lange, wenn ich kann. Die Frauen und ihre Freundinnen - nach unserem Treffen gibt es dann die Berichterstattung im Hühnerhof - da wird sie einiges zu erzählen haben, langweilig wird das Treffen nicht. Dafür sorge ich schon...

Hallo Schwester Gertrudel

Soeben erwachte ich aus süßem Schlummer, hastete an den PC, in Erwartung deiner Willkommensgrüße und wurde fündig... Nun renne ich schnell in die Bank für kleine Erledigungen - unter anderem muss die Kreditkarte aufgefüllt werden, damit Du Dich bei Deinen Freundinnen nicht blamierst, wenn eure Sauforgie dem Höhepunkt zustrebt. Bin um 12 Uhr wieder zurück... Muss noch meinen Terminplan überprüfen, dann halte ich jeder Befragung stand... Danke für Kaffee und Zigarette
Bis gleich
Karl

Es wird ernst, und ich bin nervös wie eine junge Stute. Komischer Vergleich, aber ich fühle mich unsicher, ein Telefongespräch mit Karl ist nicht einfach für mich. Was soll ich sagen? Im Grunde bin ich schüchtern, habe nur, wenn ich schreibe ,,eine große Klappe", sagen würde ich das niemals, und schon gar nicht einer völlig fremden Person. Ich habe das Gefühl, ich kenne diesen Mann ewig, habe ihn lieb gewonnen, er ist mir sehr vertraut, ist kein Supermann, und das ist gut. Aber ich möchte sooo gerne mit diesem einsamen Wolf tanzen, also, nimm allen Mut zusammen und greif zum Hörer. Augen zu und durch, wie man sagt. Würde ihn gern und am liebsten Samstag, sehen, das wäre mein größter Wunsch...

Bruder Carolus

Ich bedanke mich für Deine Rettungsaktion (Kreditkatte!), habe viel Eindruck geschunden bei den Neureichen. Nee, ganz im Ernst, es war schön, mit Dir telefoniert zu haben, freue mich auf Samstag, so ganz unverhofft. Es soll zwar regnen, natürlich kalt sein, aber - ich bring ja heißen Kaffee mit. übrigens gibt es auch einen Wochenmarkt am Samstag, kann man Kartoffelpuffer, Backfisch, Waffeln, Erbsensuppe, Pommes; Bratwurst, was auch immer essen. Aber, wenn Du auf Mettwurst stehst, kann ich schon geschmierte Brötchen mitbringen???? Ich - tut mir leid - mag Mettwurst gar nicht! Aber, kein Problem, Du bist ,,mein Gast", wünsch Dir was. Aber, sollte ich mal nach Bielefeld kommen, dann!!!! wünsche ich mir auch was! Eiersalat - Lachs - Brötchen. Und Kaffee ohne alles, schwarz wie meine Seele... So, und jetzt komma klar mit dat Klima hier. Ich weiß, nicht leicht, ich schaffe das auch irgendwie nicht, bin ein Sonnen-Sommer-Mensch.
Habe einen schönen Abend und nimm mich nicht all zu ernst, Gerdele die Trudel

Sie antwortet immer sofort, als ob sie schon auf meine Mails warten würde... Hoffentlich habe ich keine falschen Erwartungen geweckt. Irgendwo bei Goethe stand mal was von:... Wer keine Erwartungen hat, wird auch nicht enttäuscht... Wie das genau lautete, weiß ich nicht mehr, aber recht hatte er, der alte Zausel. Mehr als einen unterhaltsamen und witzigen Nachmittag erwarte ich nicht. Aber wer weiß... Ich bin gespannt. Die Stunde der Wahrheit steht bevor - aber nervös bin ich nicht, den Umgang mit neuen Bekanntschaften bin ich ja schließlich, berufsbedingt, gewohnt.

Hallo Karl

Wollte mich mal ein wenig ablenken, deswegen kommst Du zu der ,,Ehre", dass ich Dir schreibe... Muss wohl sagen - Guten Morgen, frierender Wolf! Ich sitze hier wie bestellt und nicht abgeholt, da ich in einer Stunde zu einem Vorstellungsgespräch gehe. Mein Vertrag in der Tagesklinik war befristet und aus SPARMASSNAHMEN - blabla, nicht verlängert worden. Also, auf zu neuen Ufern. The world is what you make her! Dance on Anglestreet or stay in bed. Da auf Dauer das Bett, auch wenn es noch so nett ist, mir nicht reicht, werde ich hier gleich um die Ecke in ein neues Altenheim gehen und mal fragen, ob sie mich nicht schon lange vermisst hätten, ohne mich kämen sie doch gar nicht aus... Oder so ähnlich. So, und nun brezele ich mich auf. Wünsche Dir noch einen schönen Tag,
Schwester Gerda

Ich wünsche Dir Glück bei der Suche, und Selbstvertrauen... Du machst das schon. Sie nimmt es wirklich sehr locker, das gefällt mir. Fang bitte nur nicht gleich dieses Wochenende an...

Hallo Trudi

Dann brezel mal anständig, muss bis Samstag, reichen... Und mach Dir keine Gedanken wegen der Mettwurst - als Wandercharismatiker bin ich ja Askese und Enthaltung gewöhnt. Einfachste Nahrung - ein Filet Steak, halb roh runter geschlungen mit den aufgelösten Resten aus der Pfanne, dazu die rohen Eier vom Stör - das genügt mir. Das Wetter soll ja echt kacke werden... Aber das stört uns ja nicht. Ich google schon mal nach den drei Eiern vom Aasee... Heute Abend Frühschoppen inklusive Berichterstattung von Kappadokien... Und Dir viel Glück bei der Arbeitssuche.

o dolce far niente...
Lieben Gruß
Der graue einsame Wolf

Na, haben MäNNER alle den gleichen ,,einfache Nahrung" Tick? Filet Steak halb roh, genau wie mein Ex - Mann, ,,lecker"! Hoffentlich IST Karl nicht so wie Martin... Das wär's dann noch, vom Regen in die Traufe, das wollte ich eigentlich gar nicht! Andererseits, ich denke mal, es war Spaß, genau wie sein Frühschoppen am Abend oder die drei Eier am Aasee. Gerate jetzt am Schluss nicht noch in Panik, alles wird gut. Muss ihm auch noch was Lustiges rüber schicken, mal sehen, was mir da so einfällt...

Hallöchen Karl

Na, raus aus die Federn? Wurde ja auch Zeit!

Hallo grauer, einsamer Wolf! Da muss Rotkäppchen Dich wohl streicheln und Dir Kuchen und Dunkelbier bringen?! Ja, das Wetter wird echt hübsch hässlich, aber, was soll's, es gibt kein schlechtes Wetter, nur die falsche Einstellung sowie als auch Bekleidung. Die Mettwurst ist im übrigen schon im Sack. Was Deine anderen Essgewohnheiten angeht - na ja, erinnert mich stark an meinen mal gewesenen Mann. Am liebsten Filet Steak roh bis zum abwinken, mit ohne alles. Und bloß nix gesundes, wie z.B. ein Salatblatt. MäNNER! Kannze inne Tonne kloppen... Was um alles in der Welt will Mann von Frau, Frau von Mann? Das passt doch hinten und vorne nicht!- So, getz hab ich mal die Ämannze raus gelassen! Lass Dich nicht verunsichern, Pater Brown, das Date steht, ohne Ämannze natürlich! Wünsche einen besinnlichen ,,Frühschoppen."
Mach's gut, grauer, einsamer??????? Wolf,
Schwester Gerdi

    Gute Schwester, die Essgewohnheiten deines Exmannes interessieren mich wenig... Aber was Mann und Frau voneinander wollen, werde ich Dir mal in kurzen Worten erklären. Von wegen, passt von vorne und von hinten nicht... Und der Frühschoppen ist ein Stammtisch. Wie kommt die auf ,,Frühschoppen?" Sie sollte die Mails etwas genauer lesen. Aber die nächste Mail wird sie nicht vergessen...

Guten Morgen liebe Schwester

Haste schon einen Liter Kaffee und anderes gesundes Zeug in Dich reingekippt? Muss doch an deine Frage denken, was Mann und Frau voneinander wollen... Was Frau von Mann will, ist mir unbekannt geblieben in all meinen bewegten Tagen, was Mann von Frau will, kann ich Dir erläutern... Schwester, Du wirst es kaum glauben, aber unter der Kutte eines jeden Bruders verbirgt sich ein merkwürdiges Gebilde mit 2 lustigen kleinen Kugeln, darüber ein seltsam anmutender Wurz, der in der Regel versteckt gehalten wird. Entblößt sieht das Ganze eher harmlos aus, aber Vorsicht, Schwester: Frau darf sich dem Gemächt nicht nähern, denn urplötzlich entfaltet und strafft es sich, und ein dornartiges Gebilde entsteht, gleichzeitig bekommt der Mann einen merkwürdigen Gesichtsausdruck und als direkte Folge eine Blutleere im Hirn, die ihn unzurechnungsfähig macht; nur noch ein Gedanke beseelt sein Hirn, mit eben jenem Dorn in die Weichteile der Frau einzudringen und sich mit sinnloser Ekstase auf das Opfer zu stürzen. Davor, liebe Schwester, muss ich Dich eindringlich warnen: Begib Dich nicht in solche Gefahr... Aber zum Glück rennt Frau mit hochgehobenem Rock ja schneller als Mann mit heruntergelassener Hose... Soweit zu diesem Thema. Ich grüße Dich herzlichst und freue mich auf Dich und die Beköstigung mittels Mettwurst und Kaffee, und bin erfreut, dass Du die wahre Bestimmung der Frau so tief verinnerlicht hast... We will sing in the rain soon...
Liebe Grüße
Carolus der Wandercharismatiker

Also, diese Geschichte und besonders den dummen Gesichts-ausdruck des Mannes kann ich mir bildlich vorstellen. Dazu das Mädchen mit hoch erhobenem Röckchen, einfach nur ,,superaffengeil" Dieser Karl passt zu mir, ich mag solch eine Art von Humor. Freue mich, ihn endlich zu sehen...

Auch Dir einen schönen Tag, lieber Kalle

Also - das mit der ,,Dödelei'' ist mir nicht unbekannt... Frau will von Mann seine Kreditkarte, seinen Porsche, Diamonds are a girls best friend, Urlaub ohne Ende auf Schatzies Jacht... Verstehste??? Das mit Mettwurst und Kaffee ist anerzogen - gute Hausfrau usw... Habe ich lange genug mit meinem Eheschatzie praktiziert - Kaffee ans Bett etc pp. Ja, dann lass uns mal im Regen tanzen und singen, wobei - in anderen Ländern tanzt und singt man, das der Regen kommt - irgendwas ist hier nicht richtig... Na ja, wir sind in Deutschland!!
Bis denne, morgen bei den 3 Eiskugeln
Tschühüß
Gertrud

Na, denn mal los. Zeit wirds. Ich werde früh losfahren, jeder in Bielefeld sagt, in Münster findest Du nichts, nicht mal den Weg dahin. Eine Stunde Spielraum gebe ich mir.

Hallo Gerda

Ich habe schon mal gegoogelt und bei Google Earth ein Bild gefunden: Aussicht von der Seeterrasse - da sieht man paar Kugeln am Ufer, das werden sie wohl sein. Da steh ich dann morgen und warte auf Kaffee und Dich... Hab grad Fieber und eine heftige Rüsselpest, habe schließlich im T-Shirt in Düsseldorf am Bahnhof gestanden. Weil wir mit den Scheißautomaten für Fahrkarten nicht klarkamen, war unser Zug inzwischen weg, und wir mussten über eine Stunde warten, keine Wartehalle und kein Personal zu sehen. Seit der Privatisierung ist die Bahn das Hinterletzte, werde ich nie wieder benutzen. Aber einen Wandercharismatiker haut ja so schnell nix um...
Bis morgen dann
Karl

Hoffentlich wird das Fieber nicht schlimmer. Ich möchte sie sehen am Wochenende, habe keine Lust mehr auf Warten.

Fieber - das hört sich aber gar nicht gut an. Sollte dieses Treffen morgen doch noch scheitern? BITTE NICHT, ich freue mich doch schon darauf!

Lieber Karl

kannst Du wirklich kommen? Fieber ist nicht so der Bringer. Ja, hier spricht mal wieder die Krankenschwester mit Helfersyndrom, sorry. Also, gute Besserung, lieber Bruder Carolus. Eigentlich freue ich mich ja Dich zu sehen, na, schau'n wir mal.
Halt die Ohren steif
Gerda

P.S. Bring mal schon Deine Kreditkarte mit für den Anfang...

Keine Sorge, ich komme. Wegen einer kleinen Erkältung lasse ich das Treffen doch nicht sausen - habe lange genug gewartet. Currywurst mit Kreditkarte kaufen... Das wird ein spannender Tag werden, ich werde mein Bestes geben - aber immer schön locker, und vor allem ich selbst bleiben, keine Schau abziehen, das geht immer schief.

Samstag, 16.10.2010

Hallo Schwester

Ich bin soweit in Ordnung - geht schon sehr viel besser. Gleich ist Ostern für mich - Eiersuchen in Münster... Mach grad noch bissele heia, bis gleich dann

Karl

Vergiss den Kaffee nicht - es ist kalt draußen, und ich habe extra nicht gefrühstückt. Ich fahre jetzt los, Straßen sind frei...

Gott sei Dank, er kommt. Natürlich kann er nichts dafür, krank zu sein, aber ich möchte ihn doch endlich sehen. Tanzen mit dem alten Wolf... Aufgeregt - ich? Kein bisschen. Nur mein Blutdruck ist auf 200, und mein Herz schlägt Purzelbäume...

Der Tag des ersten Treffens (Gerda)

Geschlafen habe ich so gut wie gar nicht. Ich wünschte mir, dass ich nicht so nervös wäre, rauche eine Unmenge von diesen blöden Zigaretten, ach, möge es doch schon 12 Uhr sein, Karl mich umwerfend finden und ich ihn auch. Aber - erst einmal Brötchen schmieren, Kaffee in die Thermoskanne, Milch und Zucker nicht vergessen, Becher und Löffel einpacken. Ich bin natürlich viel zu früh am Aasee, gehe noch ein wenig ,,um den Pudding", schau von weitem auf ,,die Eier", wie Karl die Wahrzeichen des Aasee's nennt, gleich wird er wohl kommen, hoffentlich... Plötzlich taucht er auf. Oh mein Gott, ein Traum von einem Mann! Hellbraune Lederjacke und Stiefel, Pulli, Jeans, Weste... Er schaut mich an und dreht sich um, läuft weiter.

,,Hey, hallo, ich bin es, erkennst Du mich nicht? Na, das kann ja heiter werden," denke ich. Trolle also hinter ihm her bis zu den ,,Eiern", (eigentlich Pool Balls, eine der Skulpturen am See) unser Treffpunkt, und mache einen dummen Spruch. Dieser schöne Mann dreht sich um, bleibt dann doch stehen. ,,Hi, ich bin Gerda", sage ich. Karl schaut mich ungläubig an. Schön, denke ich, mal wieder kein Glück, ich bin einfach zu unscheinbar. Doch, oh Wunder, ein Lächeln, ein Hallo, ein ,,schön Dich kennen zu lernen." Seine Stimme... ,,Sollen wir erst einmal irgendwo Kaffee trinken gehen?," fragt Karl mich. ,,Wieso? Ich habe doch das Frühstück mitgebracht." ist meine Antwort. Also lassen wir uns auf einer quietschnassen Bank nieder, trinken Kaffee aus Plastikbechern und verspeisen Mettwurstbrötchen, erster Smalltalk. Danach beschließen wir, in die Stadt zu gehen. Auf halbem Weg plötzlich Karl's - ,,Oh, da ist ein Antiquariat, da möchte ich gerne einmal reinschauen." Mensch, denke ich, endlich mal ein Mann, der Bücher liest!

*Wir gehen in den Laden, Karl hat seine Brille vergessen...
„Kein Problem", sage ich, „versuch es doch einfach mit
meiner Lesebrille." Sie passt ihm wie angegossen! Wir sind
noch einige Zeit dort geblieben, haben viele Bücher entdeckt,
die wir lieben... Später steuern wir ein Cafe an, und, wie ich
kennen lernen sollte, Karl liebt Kuchen über alles mit viel
Sahne. Danach, Pflichtprogramm für Münster, natürlich der
Dom. Eigentlich wollte ich ihm einiges erzählen, aber, keine
Chance. Karl tritt ein, schaut sich ein wenig um und ER
erklärt mir den Dom. Ich bin beeindruckt und hin und weg.
Dieser Mann ist klug, charmant, witzig, groß und schlank...
Wir bummeln weiter durch den kalten Regen, besuchen noch
andere Kirchen. Karl ist MEIN Führer, nicht ich seiner. Mir
ist danach, ihn an der Hand zu halten, finde es aber viel zu
früh, was soll er von mir denken? Obwohl mein „Bruder
Carolus" heftig erkältet ist und bestimmt eine Großpackung
Taschentücher verbraucht, schlendern wir weiter durch die
Stadt, essen Bratwurst, reden und lachen endlos, verstehen
uns immer besser. Gegen 18 Uhr wird es dann auch mir zu
kalt, wir gehen zurück zu seinem Auto und überlegen, wohin
wir fahren könnten. Ich denke: „Ach was soll die Vorsicht,
lass uns doch zu mir nach Hause fahren, Karl ist krank und
mir ist kalt." Wir fahren also zu mir, Karl legt sich auf die
Couch, bekommt eine Decke und ich koche heißen Tee. Karl
ist wirklich schlecht zurecht, aber tapfer, freut sich, warm
und gemütlich versorgt zu werden. Wozu bin ich denn eine
Krankenschwester?
Diesen Abend koche ich bestimmt 5 Kannen Tee, wir reden
ohne Ende, hören Musik. Karl sagt plötzlich: „Bitte halte
meine Hand." Zuerst bin ich verwirrt, doch dann halte ich
ganz automatisch seine schmale Hand, stundenlang, wie es
mir erscheint, welch ein schönes Gefühl, ganz vertraut. Es
wird spät, es ist schon Sonntag, morgen, Karl sagt, er möchte
nun nach Hause fahren.*

Ich kämpfe mit mir, möchte ihm gerne die Couch zum Übernachten anbieten, denn er ist ziemlich erkältet und ich mag ihn, möchte ihn nicht gehen lassen. Aber mein „vernünftiges Ich" sagt mir: „Du kannst doch diesem wildfremden Mann nicht so einfach ganz und gar vertrauen". Also begleite ich ihn noch zum Parkplatz. Dort küsst dieser liebenswerte Mensch mich unverhofft auf die Stirn. Es ist um mich geschehen...
Ich küsse ihn lange und innig zurück, möchte gar nicht wieder aufhören, es ist ein besonderer Moment... Karl streichelt meine Haare, wir umarmen uns und dann steigt er in sein Auto, fährt vom Parkplatz. Ich stehe noch einige Minuten verwirrt in der Kälte, bevor ich zurück in meine kleine Behausung gehe. Sprachlos setze ich mich auf einen Sessel, bleibe dort bestimmt eine Stunde sitzen und weiß gar nichts mehr. Irgendwann gehe ich zu Bett, denke nur an diesen wundervollen Menschen, kann kaum schlafen... Es hat mich erwischt, volle Breitseite!!!

Der Tag des ersten Treffens (Karl)

Selbstverständlich habe ich mich total verfahren, aber an einer Tankstelle beschrieb man mir den Weg, und drei Minuten vor 12 Uhr sah ich die Eier, parkte im Halteverbot und ging zum Treffpunkt. Aus den Augenwinkeln sah ich eine Frau kommen, wegen des Nebels dick eingehüllt. Sie war enorm dünn, und ich dachte, das kann sie nicht sein. Ihre Augen hatte ich ja noch nie gesehen, weil sie auf den Fotos eine Sonnenbrille hatte. Aber dann sprach sie mich an, und die Stimme gefiel mir, sie klang anders als am Telefon, weicher und fraulicher. Wir hockten auf der Parkbank, tranken Kaffee aus der Thermoskanne, dazu Brötchen mit Mettwurst und unterhielten uns, als würden wir uns schon immer kennen, vertraut und ohne Scheu.

Wir sind ganz locker in Richtung Innenstadt geschlendert. In das erste Antiquariat musste ich unbedingt rein, weil Bücher meine Leidenschaft sind, sie kam gern mit, denn auch sie liebt Bücher. Meine Lesebrille hatte ich vergessen, sie half mir mit ihrer aus, gleiche Stärke. Gute Gelegenheit für ein paar Scherze, und ein Gesprächsthema sind gute Bücher ja immer. Von wegen ,,einfach gestrickte Krankenschwester", sie ist durchaus belesen und schaut über den Tellerrand, ein Mensch, der sich Gedanken macht über die Welt, in der er lebt...

Wir tranken irgendwo einen Kaffee, schlenderten über den Markt zum Dom, und ich hätte gern ihre Hand gehalten beim Gehen, aber noch waren wir ja Fremde, wenn wir auch miteinander sprachen, als kennten wir uns schon lange. Im Dom bemühte ich mich, nicht zu viel über Kirchengeschichte zu erzählen, wollte sie nicht beschwatzen. Sie fand es wohl sehr amüsant und merkte meinen Versuch der Zurückhaltung. (In der Tat war es nur ein Versuch) Bratwurst im Brötchen als Belohnung, danach Stadtmuseum.

An die Einzelheiten des Museums erinnere ich mich kaum noch, meine Gedanken waren längst anderswo. Ich fühlte mich fiebrig, teils wegen ihr und teils wegen der Grippe. Dann zurück zum Auto, mir waren die Knie weich geworden. Sie schlug vor, mich in ihrer Wohnung etwas aufs Sofa zu legen mit einer Decke, und ich war hocherfreut, dachte an John Steinbecks „Straße der Ölsardinen", wo ja ein Armbruch das hilfsbereite Herz einer Frau erobert... Ich lag also da, wurde mit Tee versorgt, und gab mir alle Mühe, geistreich und witzig zu sein. Ich erinnere mich noch, dass es mir leicht fiel. Wir hörten Musik, leise Balladen von John Coltrane, meinem Lieblingsmusiker, den ich regelrecht verehre, sie besitzt einiges von ihm, und mir wurde warm ums Herz... Ich kann nicht mehr sagen, ab wann ich das Gefühl hatte, sie zu umarmen, aber irgendwann bat ich sie, mir ihre Hand zu geben, und ich hielt sie stundenlang, glaube ich, während wir redeten, scherzten und lachten, bis die Nacht einbrach. Wir redeten und redeten bis weit über Mitternacht hinaus, vertrauten uns Dinge an, die ich dem besten Freund nicht sagen würde, und waren erstaunt über unsere Offenheit und das gegenseitige Vertrauen. Dann brach ich auf, ich wollte sie nicht in eine kompromittierende Situation bringen, obwohl ich gerne geblieben wäre. Sie begleitete mich zum Parkplatz, und da musste ich sie in den Arm nehmen und küssen, ich konnte nicht anders, sie erwiderte den Kuss mit einer zarten Hingabe, die keinen Zweifel an ihren Gefühlen aufkommen ließ, ein Kuss, der mehr ausdrückte, als tausend Worte es könnten. Mit dem Eindruck dieses Kusses fuhr ich heim, beschwingt und in dem sicheren Gefühl, nicht noch einmal allein zurück zu fahren... Meine Seele tanzte Tango, und lang vergessene Emotionen begleiteten mich durch diese Nacht... Ich fuhr betont langsam, lächelnd und vergnügt zurück, hörte Klaviermusik im Radio, dachte daran, wann ich sie wiedersehen würde und spürte noch immer ihren Kuss auf meinen Lippen. Schon hier wusste ich, dass sie mich sehr sehr gerne mag. Und ich war mir sicher, dass ich endlich das gefunden habe, was mir all die Jahre gefehlt hatte. Keinesfalls wollte ich sie entschlüpfen lassen.

Zwei Verliebte mailen

Sonntag, 17.10.2010

Hallo Bruder Carolus

Ich hoffe, Du bist heil nach Hause gekommen. (Du hast Deine Tempos hier liegen lassen, hat der Ärmel vom Pulli bis nach Bielefeld ausgereicht?) Ich wollte mich bedanken für den außergewöhnlichen Tag und das ich Dich kennen lernen durfte, ein wenig zumindest. Ich hätte auch nichts dagegen, Dich noch etwas mehr zu beschnuppern... Wenn Du auch magst natürlich. ,,Wir können unsere Träume erst dann verwirklichen, wenn wir uns entschließen, daraus zu erwachen." (Josephine Baker) Gute Besserung!
Gerdi

Guten morgen Kleine. Ich wache auf, und schon ist eine Mail von Dir da... Ich habe von Dir geträumt, Du zarte Elfe. Natürlich siehst Du mich wieder, und zwar so schnell wie möglich. Ich habe keine Lust, Zeit zu vergeuden mit irgendwelchem Geplänkel. Das werde ich ihr gleich sehr deutlich machen.

Sonntag, 17.10.2010

Hallo Gertrudele

Ich erreichte Bielefeld gegen 3 Uhr, dank meiner Reservetaschentücher im Handschuhfach, unbeschadet, legte mich ins Bett, erwachte gegen High noon, um anschließend bis 18 Uhr durchzuschlafen. Es war ein wunderbarer Tag, und ich wünsche mir viele solcher Tage... Wusstest Du, dass man Wandercharismatiker nicht so zart und liebevoll küssen darf? Da muss man sich nicht wundern, wenn die anschließend auf ein Wiedersehen und Wiederholung bestehen, und berufsbedingt können die anhänglich werden... Du und Mr. Coltrane könnt eine zarte Seele ordentlich verwöhnen. In kurzen Worten: Wann möchtest Du mich wiedersehen?
Einen zarten Kuss, ich denk an Dich
Bis bald
Bruder Carolus

Sonntag, 17.10.2010

Hallo Schwester

Hab noch eine Kleinigkeit vergessen zu sagen:
ICH MAG DICH...
Bis bald
Kalle

Es hat mich nicht allein volle Breitseite getroffen, unser erstes Treffen Wann ich Dich wiedersehen möchte? Am liebsten sofort! Hätte ich Dich doch nicht so einfach fort geschickt, ich mag Dich auch, sehr sogar.

Lieber Bruder

Es war doch nur Medizin, die die Krankenschwester mit Helfersyndrom dem armen, kranken Wandercharismatiker verabreicht hat. Und bei Bedarf gerne wieder... Habe Dienstag, Mittwoch, und Donnerstag, sowie folgendes Wochenende nichts im Terminplan stehen - bis jetzt zumindest nicht. Kuss (rein medizinisch) zurück und einen großen Korb voll Mandarinen
schickt Dir
Schwester Trude

Eigentlich würde ich ihm gerne sagen, wie es mir geht, wie gern ich ihn mag, aber - wie soll ich ihm das schreiben? Ja, das nennt man schüchtern, und das kann ich nun so gar nicht gebrauchen!

Dann will ich ihr mal einen unmissverständlichen Dienstplan aufstellen, der keine Fragen offenlässt. Schließlich weiß ich genau, was ich will... Und jetzt Butter bei die Fische. Entweder - oder... Aber ich bin sicher, dass mein Gefühl mich nicht trügt, und wahrscheinlich wartet sie auf klare Worte, und genau die bekommt sie jetzt. Von wegen „Es war nur Medizin"...

Montag, 18.10.2010

Liebe Schwester Gertrud

Anbei ihr Dienstplan für diese Woche

DIENSTAG: gegen 14 Uhr Empfang des Patienten, Kaffee trinken, Begrüßung und leichte Nackenmassage, danach therapeutisches Wandern am Aasee, Bereitung des Abendessens, anschließend Musiktherapie und Nachtruhe.

MITTWOCH: gemeinsamer Ausflug nach Bielefeld, Stärkung des Heimatgefühls sowie Einweisung in neuen Aufgabenbereich. Dienstbesprechung mit Gesprächstherapie, knutschen bis der Arzt kommt

DONNERSTAG: Rückkehr, Abschlussdiagnose

für Rückfragen stehe ich ihnen jederzeit zur Verfügung in Erwartung positiver Rückmeldung

Ihr Schichtleiter

WC

Das gefällt mir sehr, Herr Schichtleiter! Drei Tage ,,Intensivtherapie", sogar mit nach Bielefeld soll ich ihn begleiten... Dieser Mann meint es Ernst mit mir, das ist nicht nur zum Spaß. Aber, geht das jetzt nicht ein wenig zu schnell? Ach, was habe ich schon zu verlieren... Und wenn es nicht funktioniert, brechen wir halt das Experiment ab, oder? Ich möchte ihn gerne... kennenlernen... Es ist in diesem Moment nicht einfach, in einer WG zu leben, zudem Thomas Bruder auch morgen kommen will. Alleine zu wohnen wäre einfacher...

Sehr geehrter Herr WC- Schichtleiter

Könnten Sie mir noch einige Daten des Patienten geben? Z.B.
mag der Möhreneintopf? Das steht morgen auf der Speisekarte.
Verträgt der sich auch mit Mitpatienten oder ist der
höchst-privat? Denn morgen ist mindestens ein weiterer Patient,
möglicherweise auch noch sein Bruder, auf Station. Aber ich
sage immer, je mehr desto interessanter... Schwester Gertrud
steht dem zugewiesenen Patienten natürlich voll und ganz allein
zur Verfügung! Mag der Patient auch Keith Jarrett? Schwester
Gerda fährt voll auf den Typen ab. Kommt es nun zur Zimmer /
Bettenfrage. Würde der Patient seine Finger bei sich lassen und
mit Schwester G. das Bett teilen wegen akuten Platzmangels?
Ansonsten könnten wir ihm noch ein Bett (nein, nicht im
Kornfeld) aber in der Dusche anbieten... Da es ein 3 Tage
Einsatz wird, bringen Sie bitte die Platin-Kreditkarte mit, lieber
Patient.
Wir freuen uns auf ihren Besuch! Empfehlen Sie uns bitte weiter,
sie werden begeistert von Schwester Rabiata sein, das ist die
Hausdame. Mit anderen Worten - um 10 Uhr Licht aus und
keine Damenbesuche auf dem Zimmer, woll! Aber, es handelt
sich ja sowieso um einen älteren Patienten, da müssen wir uns
wohl keine Sorgen machen, oder?
i.V. Schwester Gertrud

P.S. Wollen Sie die Schwester Gertrud wirklich mit nach Bielefeld
nehmen? Wissen Sie, behandeln Sie sie bitte vorsichtig, die Gute
ist nicht so weltgewandt (schreibt man das so, ach was, egal!)

Hat sie Angst, oder geht ihr das alles zu schnell? Wenn sie
mich kennenlernen will, soll sie auch mein Umfeld kennenlernen, und zwar gleich. Ich lasse jetzt nicht locker. Es mag
ihr ja alles zu schnell gehen, aber meine Gefühle sind eindeu-
tig, und ich will sie nicht im Zweifel lassen.

Montag, 18.10.2010

Hallo Schwester

Als ein eher einfach strukturierter Mensch bin ich natürlich mit Möhreneintopf einverstanden, und die Kreditkarte ist bis zum Bersten gefüllt. Selbstverständlich hält der Patient alle Finger etc. bei sich - Reittherapie war auch nicht im Programm vorgesehen.
Wird sicher interessant mit so viel Leuten - und ich liebe das Köln Konzert vom Jarrett. Ich freue mich sehr auf morgen...
Gute Nacht, bis morgen.
Ein Bussi noch
Karl

P.S. Kuchen bringe ich mit... und Schlagsahne

,,Reittherapie"???
Bin nun wirklich keine Nonne, sondern eine ganz normale Frau... Der Ausdruck ist dennoch ganz schön gewöhnungsbedürftig, mein Herr!

Hiya Carlo

Ich freue mich auch. Die ,,vielen Leute" werden wir denn doch nicht hier haben, Thomas Bruder hat abgesagt und Schwester Rabiata hat sich krank gemeldet... Kein Verlass mehr auf die Bande! Hoffe, Du wirst Dich nun nicht langweilen???
Bis denne
Gerhild

P.S. Kuchengabeln hab ich...

Sehr schön, sozusagen sturmfreie Bude. Ich glaube, es wird auch gehörig stürmen. Alles andere würde mich wundern. Ich weiß jedenfalls, was ich will, und sie zieht mich magisch an. Da kann ich andere Leute in der Umgebung nicht gebrauchen. Nach all den Jahren, allein da in der Fremde... Sie hat meinen Panzer durchbrochen, und ich spüre Dinge, die ich vergessen hatte. Ich will diese Frau, und wie die Zukunft aussieht, weiß ich jetzt auch noch nicht. Aber das klären wir später.

Gerda über das zweite Treffen

Ist das der Anfang eines neuen Märchens? Frau trifft Mann und fühlt sich sofort magisch angezogen... Mann sagt: ,,Ich mag Dich, möchte Dich wiedersehen...” Dieser ,,Schuh” passt wie angegossen. Nein, dieses Märchen ist uralt, meines könnte heute wahr werden... Es ist Dienstagnachmittag, kurz vor 14 Uhr. Ich stehe am Küchenfenster, warte auf Karl, mir ist schwindelig. Der Kaffee ist schon gekocht und mir ist es genau so heiß... Sehe Karl um die Ecke kommen, ein Kuchenpaket in der Hand, er klingelt, ich gehe unsicher zur Tür, lasse ihn ein, sein zärtlicher Kuss macht mich verlegen. Karl hat Puddingteilchen mitgebracht, sein Lieblingsgebäck.

Wir trinken Kaffee im Stehen in der Küche. Teller brauchen wir nicht, essen die Teilchen aus der Hand. Was ist dann passiert? Ich kann es nicht sagen, dieser Part der Geschichte ist mir ,,entglitten”... Später am Nachmittag gehen wir Hand in Hand spazieren, um den Aasee, über die Promenade. Karl sagt, er habe seine Zahnbürste vergessen, seine Lesebrille auch. Er scheint genauso verwirrt zu sein wie ich. Wir besorgen Zahnbürste und Ersatzlesebrille in einem Drogeriemarkt, essen die beste Bratwurst der Welt in der Fußgängerzone. Es ist kalt, doch wir spüren nur uns, unsere Nähe, unsere Gefühle. Irgendwann kommen wir wieder zurück zu mir nach Hause, verbringen die erste gemeinsame, wunderschöne Nacht miteinander.

Am Mittwoch, Nachmittag bekommen wir Hunger, gehen in ein kleines Cafe, essen Gulaschsuppe, trinken Kaffee, zum Nachtisch gibt es Kuchen. Abends besuchen wir eine kleine Kneipe um die Ecke, verwundern die jungen Gäste, weil wir uns wie verliebte Teenager verhalten. Ich fühle mich unendlich hingezogen zu diesem Mann, mag ihn nicht mehr los lassen...

Die Nacht ist zärtlich und wild, beginnt schon im Flur...
Donnerstag, wir fahren nach Bielefeld. Karl hat ein hübsches
kleines Zimmer in einer „netten Leute WG". Es besteht aus
vielen Büchern, einem Schreibtisch, Sofa, Tisch und einem
Bett. Es ist kuschelig, ich fühle mich „zuhause" Bei einem
türkischen Tee lerne ich Fritz kennen, einen der Mitbewohner,
netter Mann mit unendlichem Wissen. Später bummeln Karl
und ich durch Bielefeld, oder besser gesagt, es ist eine Zeitreise
durch die Geschichte Bielefelds. Am Abend gehen wir gemein-
sam zum Stammtisch. Karl stellt mich stolz seinen Freunden
vor. Ich werde herzlich begrüßt, habe absolut nicht das Gefühl,
ein Fremdkörper zu sein. Hier bekomme ich mit, dass alle sich
für Karl freuen, nach elf Jahren „Klosterleben", eine Frau ge-
funden zu haben. Einer der Freunde sagt zu mir: „Da hast Du
aber einen GANZ netten Mann erwischt". Am Freitag, fahren
wir zurück nach Münster, ich muss am Nachmittag arbeiten
und Karl zu seiner Mutter. Am Parkplatz angekommen, habe
ich ein vertrautes Gefühl, das mir sagt:
„Das ist mein Mann, ich liebe ihn..."

Karl über das zweite Treffen

Ohne mich allzu sehr zu verfahren, erreichte ich Münster, holte schnell noch etwas Kuchen und erschien ziemlich pünktlich. Nach dem Klingeln öffnete sie sofort, erwartete mich an der Tür, lächelnd, und sie erschien mir wie ein Engel. Glückliche Menschen sehen wohl immer schön aus, aber dieser Mensch strahlte, weil er mich sah... Ich nahm sie in den Arm und küsste sie, ganz selbstverständlich, und wir gingen in die Küche, genossen die Puddingteilchen. Was danach folgte, weiß ich nicht mehr - auch nicht, wie wir im Bett landeten. Jedenfalls fanden wir uns dort wieder und genossen einander, zärtlich und wild zugleich, und alles um uns herum wurde unwichtig.

Die Zeit verging wie im Flug, ich glaube, später gingen wir spazieren um den See, redeten, redeten und lachten, gingen Hand in Hand. An Einzelheiten erinnere ich mich nicht mehr, es gab nicht den Schlüsselmoment, an dem ich begann, sie zu lieben, das Gefühl war einfach da, und ich erinnere mich an keinen Moment in meinem Leben, wo ich so vorbehaltlos angenommen worden bin wie von dieser bezaubernden Frau. An diesem Abend fuhr ich nicht mehr nach Hause, auch am folgenden Tag nicht...

Am nächsten Abend waren wir in der Nähe in einer netten Kneipe voller Studenten, sie trank Wein, ich Kaffee, und die Leute schauten verwirrt und verstohlen auf uns zwei ältere Leute, die sich benahmen wie turtelnde Teenager und ihre Umgebung nicht mehr wahrnahmen. Wir wussten beide, dass es heute wieder passieren würde, gingen Arm in Arm, unter den scheelen Blicken eines erstaunten Publikums, in Richtung Wohnung. Der Weg dorthin erschien mir ungeheuer weit. In der Wohnung angekommen, schafften wir es noch, die Tür zu schließen, bevor wir übereinander herfielen...

Am nächsten Tag fuhren wir nach Bielefeld, ich zeigte ihr per Auto und zu Fuß die Stadt, die trotz langer Abwesenheit noch immer meine Heimat ist. Sie hörte mir interessiert und geduldig zu. Meine WG und besonders mein kleines Zimmer schienen ihr zu gefallen. Am Abend dann gingen wir zu meinem Stammtisch, wo sich alte Freunde zwanglos zum Plaudern einfinden, und ich stellte sie vor. Mit ihrem sympathischen Lachen und ihrer lockeren Art war sie sofort akzeptiert, und Einige, die mich als griesgrämigen Einzelgänger kennen, konnten sich ein Schmunzeln und ein paar Kommentare nicht verkneifen. Aber wir waren sofort als Paar akzeptiert, und Gerda ist neues, willkommenes Mitglied in dieser Runde.

Natürlich blieb sie die Nacht über bei mir, bettete ihren Kopf an meiner Schulter, und wir wussten beide, dass es so bleiben sollte und würde...

Wir beschlossen, mein schmales Bett Europa zu nennen, ihr größeres hingegen Amerika. So reisen wir zusammen um die Welt, zumindest in Gedanken. Denn wer träumt denn nicht davon, am Morgen in Europa zu sein, und abends in Amerika? In unserer Fantasie reisten wir in fremde Länder und werden es in der Realität hoffentlich häufig machen können.

Nach dem Doppelklick

Freitag, 22.10.2010

Anam Cara / Seelenfreund

Lieber Bruder Carolus

Ich denke immer noch über einen Dir angemessenen Namen nach, das ist absolut nicht einfach für eine einfache Krankenschwester mit Helfersyndrom...
Ich danke Dir für die 3 außergewöhnlich schönen Tage. Du hast da etwas wieder erwachen lassen, und das tut gut, I love this ,,new- old" Gerda, möchte sie gerne näher kennen lernen und meinen Tutor sowieso... Wenn Du das Experiment auch mit mir teilen magst?
Gertrinchen

Mir ist nicht bewusst, dass ich etwas Besonderes gemacht hätte... Aber die Liebe weckt ja manch Verborgenes, mir geht es auch nicht anders. Und die drei Tage waren außergewöhnlich schön, das sehe ich genauso. Ein Experiment allerdings war das nicht...

Hallo Schwester

Computere gerade und wollte zur Mail ansetzen, als deine Nachricht eintraf... Am Mittwoch, um 14 Uhr beginnt die Therapie, und ich bin zu allem bereit, You are not the only one loving this new old Gertrud... I think of you, and I feel it in my soul and in my dingdong... Gready to see you again... and again... and again... and again... and again... and again... and again... and again... Es ist schön, dass es Dich gibt, und noch schöner, dass Du Wandercharismatiker so magst. Ich bin gespannt auf den neuen Namen...
Einen lieben Kuss, wohin, darfst Du Dir aussuchen...
Bis bald
Der Namenlose

Ich werde Dich Tristan nennen, Tristan und Isolde... Ein ganz besonderes Liebespaar, nur - wir werden ein glücklicheres „Ende" haben, oder? Ach, nicht nachdenken, genieße diesen Mann in vollen Zügen!

Lieber Tristan

Ich habe 12 Stunden glücklich geschlafen und Dein Geschnarche ,,absolut" nicht vermisst. Mein Bett ist dagegen viel zu groß für eine Person. Ich ,,lecke meinen Wunden und den geschundenen Körper", die / den ein WC mir (zu meinem großen Vergnügen) ,,angetan" hat.
Wir erwarten den Patienten mit offenen Armen, ist ein ganz netter, wenn er nicht grade schnarcht... Danke für den Kuss, schicke Dir anbei einen Ganzkörperkuss zurück.
Ich umarme Dich, Tristan,
Deine Isolde

P.S. Wie gefällt Dir der Name? Noch können wir ihn umtauschen

Das ist witzig, ein Kosename, und ich mag ihn. Tristan und Isolde, das literarische Liebespaar. Aber unsere Geschichte soll nicht so traurig enden. Wir beiden werden viel Spaß haben. Ich mag ihren Humor, ihre Art, Scherze zu machen. Ab sofort bin ich Tristan, das geht in Ordnung.

Hallo Isolde

Salbe Deinen geschundenen Körper mit Öl - denn beim nächsten Mal wird's noch schlimmer... Tristan, der weiße Ritter, wird vom Pferd steigen, in der Hoffnung, dass man ihm nicht den Gaul klaut... Die Gefahr erscheint jedoch gering. Noch zuckt mein Körper unter den Nachwirkungen deines Kusses - wenn ich die Balance wiedergefunden habe, werde ich Rasen mähen und an deine Schambehaarung denken. Knutschen werde ich den Rasen allerdings nicht...
War heute morgen mit Muttern beim Arzt, es geht ihr recht gut, und das ist sehr erfreulich, es gibt nette Bratwurst hier im Dorf und Bierschinken - aber das reicht nicht, um Heimatgefühle zu wecken. Ich habe Sehnsucht nach meinem geliebten Münster und meinem Therapiezentrum. Erste Erfolge sind ja sichtbar, aber die Therapie muss unbedingt fortgesetzt werden.

> Es war eine Schwester aus Neheim,
> Die führte Patienten zum Tee heim.
> Hat einen verführt,
> Am Gemächt ihn berührt,
> Vor Freude vergaß er den Stabreim.

Liebe Schwester
Zur Begrüßung werde ich Dich zu Boden knutschen, egal, wo das sein wird, und gegen das Schnarchen werden wir ein Mittel finden. Schließlich bin ich ein dankbarer Patient
Bis bald
dein Tristan

Ja, Tristan, dass es so schnell mit uns gehen würde, dass ich mich Hals über Kopf und ohne Fragen und Bedenken sinnlos in Dich verlieben könnte, habe ich nicht erwartet. Es ist etwas geschehen, dass man nicht mit Worten beschreiben kann, nur mit dem Herzen. In meinem Leben hat mein Herz von je her lauter gesprochen, als mein Verstand. Gehört hat es kaum jemand... Nur ein ganz besonders lieber Mensch, den ich meinen Bruder nenne. Danke Mick nach Irland!

Lieber Tristan!

Ich bin hoch erfreut, dass Du Deinen neuen Namen magst. Es war ,,absolut" nicht einfach, doch dann - ja, da war er einfach geboren. Unschuldig, neugierig und gespannt auf ein neues Dasein wartend. Tristan, mein Ritter! Gerda / Isolde, sitzt im Turmzimmer der Burg und wartet sehnsüchtig auf ihren Prinzen, Don Tristan, von der seltsamen Gestalt. Ich werde die Zeit unseres Wiedersehens mit lesen, Harfe spielen, sticken und ins Internet schauen (wo ich mal wieder die Mailbox bis zum Rand gefüllt habe, kann mich zur Zeit nicht vor Rittern retten, muss wohl Vollmond sein..) verbringen. Tristan, wenn Du Deinen Namen nicht magst, Du hast noch Umtauschrecht (wobei, ich mag ihn). Ich habe mit dem behandelnden Medicus gesprochen, der rät Dir zu einer Langzeittherapie, alles andere wäre nutzlos. Wir sind ja erst im Anfangsstadium, und Dein Fall scheint ein nicht einfach zu Behandelnder zu sein. Es braucht eben Zeit zu genesen, und danach schau'n wir mal weiter.
Isolde umarmt Dich, denkt an Dich...
Kuss und Schluss
Isolde

Nun habe ich mich nach all den Jahren wieder verliebt, und ohne Angst und Bedenken. Wir sind wie die Kinder im Sand-kasten, albern und vergnügt. Es ist toll, dass es Dich gibt, kleine Schwester Gerda...

Geliebte Isolde

Am nächsten Sonntag, findet ein Konzert statt, zudem ich Dich
bereits angemeldet habe. Der Jens, seine Frau sowie Wulfin
Lieske, der Gitarrist und Freund, wird dort sein und da spielen,
dazu gibt es ein kleines Buffet. Veranstalter ist ein Kölner
Architekt, der im Bergischen eine geile Fachwerkbude für
kulturelle Anlässe ausgebaut hat. Zu diesem Event sind nur
wenige Leute geladen, und Du jetzt auch. Es würde mich freuen,
wenn Du mir während des Konzertes die Eierchen kraulen und
somit zu meinem Wohlbefinden beitragen könntest. Schließlich
bist Du als Cheftherapeutin unersetzlich... Sorge bitte dafür,
dass Schwester Rabiata den Sonntag, mit Dir tauscht...
Ich denk an Dich mit viel Zärtlichkeit und einem Lächeln, dass
nicht vergeht.
Ganz viel Kuss und Schmatz
Bis bald
Tristan, der traurige Held

*Ich werde Dich gerne kraulen, Ritter, edler mein... und noch
viel mehr...*

Ist gebongt, mein Ritter der Herzen! Freue mich auf dergleichen Ereignis. Frage: Watt zieht man da an, bin nicht so reich bestückt. Ach, wird schon werden, was sagen Kleider schon aus. Ich küsse Dich, bis der Medicus erscheint,
Isolde

Isolde meine Holde

Trage bitte nichts Schweres, keine Schärpe, keine zu kleinen Schuhe, die Blut auf den Stufen hinterlassen und Prinzen um den Verstand bringen. Ein leichtes Kleid, dass sich leicht lupfen lässt, sei angenehm und des Anlasses würdig. Freue mich schon auf Dich, und der Gaul will auch wieder von Dir geritten werden. Meine Seele schmachtet, o Isolde, und möge die Therapie lang andauern. Welch ein kluger Mann dieser Medicus doch ist! Schwester Rabiata sei ins Reich der bösen Hexen verbannt, und Du reitest mit Tristan der Sonne entgegen...
Tristan! Welch ein Name, welch ein Ritter... Seine Arme werden Dich umschlingen und halten, ein süßer Mund wird Deinen Namen flüstern und zarte Küsse Deinen Nacken bedecken zu Münster...
Ich freue mich so sehr auf Dich...
Dein Tristan

Zu einem Konzert gehen, wie lange habe ich so etwas nicht mehr gemacht? Ich merke erst jetzt, wie mir das gefehlt hat. Theater, Musik, Kunst... Habe ich lange aus meinem Leben verbannt. Warum eigentlich? Und Tristan öffnet mir verschlossene Türen, bringt mir die Sonne zurück. Ich danke Dir dafür!

Oh Tristan

Du bringst mich um den Verstand!
Ich, Prinzessin Isolde, sollte doch mit Fug und Recht ein Vorbild meiner Untertanen sein - und nun so was! Schleicht sich doch so hinterrücks ein Ritter rein mit ohne Unterbüx...

Isolde, oh mein Herzelein, lass ab von diesem Manne klug und fein!
Oh Vater, sei doch nicht gar zu streng,
die Büx des Ritters wird ihm total eng...
Isolde, liebstes Töchterlein fein,
lass Dich bloß nicht auf diesen Ritter ein!
Er nascht doch bloß in dem Garten der Versuchung
drum pass bloß auf, auf eine Buchung.
Bleib fein und rein und ohne Schand,
das soll der sich mal schreiben auf seinem Gewand

Ja, die Dichtkunst muss ich noch ein wenig üben, wie alles, was die old new Lady nun zu tun hat, ich freue mich darauf! Wenn ich auch noch auf einen Tutor namens WC hoffen darf - was soll da schief gehen? Tristan, mein Begier, nun schrieb ich Dir, mit Herz und Seele, ich hoffe, Du vergisst nicht mich. Ich küsse Dich von Kopf bis Zeh - o weh!!!
Cyberhug,
Gerda / Isolde

P.S. Schwester Rabiata wurde ihrer Dienste entlassen

Stimmt, die Dichtkunst muss sie noch ein wenig üben. Das Versmaß ist ziemlich daneben. Aber die Aussage ist schön - bisschen überschwänglich allerdings. Und die Schwester Rabiata ist weg... Jetzt ist nur noch Schwester Zärtlich da. Und die mag ich so...

Guten Morgen, liebe Isolde

Tristan, der Heimatlose, grüßt Dich voller Sehnsucht... Und dein Tutor bin ich nicht, sondern dein Patient. Besonders begeistert bin ich von deiner Schwellkörpertherapie sowie den einfühlsamen Gesprächen. Und ein Wort jetzt, ganz im Vollbesitz meiner geistigen Kräfte Ich habe lange gehofft und gesucht nach jemandem, der mich nimmt, wie ich bin, nach jemandem, der mich nicht verbiegen will, jemand, der mich ganz doll mag. MEINE SUCHE ist zu ENDE. Ich werde solange für Dich da sein, wie Du es wünscht, und das mit dem größten Vergnügen. wish you were here... Ein nettes kleines Gedicht hast Du da geschrieben - den Rhythmus verbessern wir mal gemeinsam, da muss noch gefeilt werden.
Einen zarten Kuss (genau dahin) und noch viel mehr
Dein Ritter Tristan

Wie ist das nur möglich? Ich kann es kaum glauben, aber es ist geschehen; Zwei Menschen, die sich lange suchten, sind im Hafen angekommen... Und was sollte ich an Dir verbiegen, ich mag Dich doch gerade so, wie Du bist, etwas zauselig verwirrt. Du siehst die Welt mit anderen Augen, Normales ist Dir fremd. Ich mag auch gerne Deine Nähe, Deine Zärtlichkeit, Deine Fürsorge... Ja, ich mag Dich ganz doll. Lass es uns beide miteinander versuchen, stellen wir die Welt auf den Kopf und malen sie bunt an.

Die Liebe kann man nicht erzwingen
Du brauchst auch nicht auf sie zu warten
Sie kommt ganz einfach
über Nacht,
wenn Du sie gar nicht mehr erwartest...
Dann trifft sie Dich mit voller Wucht
und macht Dich glücklich
sprachlos
schwerelos und frei.
(eins von Gerda' s Gedichten vor langer Zeit)

Drop the pilot!
Steige ein in meinen Ballon,
drop the pilot
and let us fly...

Guten Morgen Tristan,

ich habe soeben beschlossen, auf John Henri Newman zu hören:
Es gibt keine Chance, wenn Du sie nicht nutzt. Viele wunderbare
Dinge werden nie passieren, wenn Du sie nicht selber tust.
DARIN besteht das Leben. Fang heute damit an: ,,Hab keine
Angst, das das Leben mal zu Ende geht. Hab eher Angst, das es
nie richtig anfängt."
In Sicherheit ist ein Schiff erst, wenn es im Hafen ist. Aber wer
sagt, das Schiffe für den Hafen gebaut wurden, der hat nicht
recht. So, look at your own two shoes and take a walk on
Angelstreet.
Magst Du mich begleiten?
Isolde

Natürlich will ich... Das weißt Du doch.

Guten Morgen Isolde

Danke für deine Gedichte, und noch mehr für ihren Inhalt...
Gern hätte ich Dir heute morgen den Kaffee ans Bett gebracht,
Dich wach geschnarcht und wach geküsst... Und ich will Dich
begleiten, Dich halten, wenn Du fällst, Dich trösten, wenn Du
traurig bist, Dich küssen, wenn Du fröhlich bist, deine Hand
halten, wenn Du einsam bist, und mit Dir das Ende des
Regenbogens suchen... Tristan reitet mit dir, holde Isolde.
Ich freue mich auf uns
Wünsche Dir einen schönen Tag
Dein Tristan

Ich liebe Dich auch, mein schöner Mann, von ganzem Herzen! Ich reite mit Dir bis an das Ende der Welt, mein Tristan... Möchte Dich begleiten, wenigstens einen Winter lang, und eigentlich - noch viel mehr...!

Liebe in der Suppenschüssel
schwimmt im großen Ozean
durch die endlos dunkle Nacht.
Sterne sie begleiten,
still schützt sie der rote Mond.
Weiche, sanfte Wellen
tragen sie an ferne Ufer
ganz weit fort!

Liebe scheint Vergangenheit zu sein.
Bleibt die Frage,
war sie jemals da?

Ich denke schon,
vielleicht, für eine kleine Weile,
in einer Suppenschüssel
auf dem großen Ozean.

Gibt es die Liebe nur einmal?
Ist sie nicht für immer und für alle da?
Unendlich?

Liebe ist etwas, was Du verschwenden sollst,
und bekommst sie dann -
tausendmal zurück!

Liebe ohne Ende
Liebe ohne Frage
nach Zeit, Stunde, Tag und Raum.

Liebe,
ganz einfach Liebe, pur,
in einer Suppenschüssel.

Nimm Dir doch, so viel Du magst,
davon ist genügend da.
Unendlich,
denn sie geht ja niemals fort.

(Gerda, Januar 2005)

Lieber Tristan,

Ich will Dich hier nicht zutexten, doch die neue / alte Gerda
erwacht, Dank an Dich! Ich habe heute viel gelesen. Das, was
mich damals bewegte, was ich vergraben habe, kommt wieder
zum Vorschein. Es fühlt sich gut an! Du fühlst Dich gut an!
Ein ungeschliffener Edelstein, der seine Schönheit verbirgt.
Ich danke Dir dafür...
Ich freue mich auf Mittwoch, 14 Uhr!
Isolde

Ich warte auch auf Mittwoch; langsam wird es Zeit, die
Zukunft ins Auge zu fassen. Einerseits nichts überstürzen,
andererseits die Wünsche und Möglichkeiten abgleichen. Ich
verstehe noch immer nicht, was sie mit der neuen / alten Gerda
meint. Da werden wir dann lange sprechen in den nächsten
Tagen. Was mag sie wohl meinen mit ,,damals"? Die Zeit nach
der Operation, als sie so viel neu erlernen musste? Nun, wir
haben ein paar Tage Zeit füreinander und sind ja erst am
Beginn, trotz aller Intensität. Ich werde mir ein paar gemeinsame Aktivitäten überlegen, vielleicht eine kleine Reise oder
ein paar Konzerte...

Sonntag, 24.10.2010

Hallo Isolde

Ich warte schon auf Mittwoch, die Zeit vergeht so langsam...
Du musst mir mal erklären, was da so lange zugeschüttet war,
schließlich kennen wir uns ja noch gar nicht so lange. Und ich
muss noch viel lernen über Dich. Da bin ich ganz
erwartungsvoll... Es wird ein langer und harter Winter werden -
den verbringt man am besten im Bett, trinkt Tee und schreibt
Gedichte. Der Gaul wird untergestellt, und im Frühling reiten
Tristan und Isolde gen Ireland und wider die Osmanen. Jetzt
fahre ich nach Gütersloh zu meinem Webmaster, die Fotos in
der Webseite austauschen und meinen Preis gnadenlos nach
oben ziehen. Der Gaul braucht Futter...
Schlaf schön und leg die Hände auf die Bettdecke, mach ich
auch so.
Bis bald
Dein Tristan

*Welch ein schöner Gedanke, Tristan und ich im Himmel-
bett mit tausend Kissen am Kaminfeuer. Ich habe den schönen
Mann in meinen Armen und er liest mir seine Gedichte vor.
Draußen schneit die Welt ein, eine Zauberwelt im Sonnenschein. Ein schönes Märchen, Kindskopf...*

Lieber Tris

Ich freue mich,
das Winter ist.
Wir beide im Bett,
bei Tee und Gedicht,
was schöneres wüsste ich im Augenblick nicht!

Würde gern Gedichte schreiben,
vielleicht auch von Elfen, Kobolden und Feen,
würde gerne wieder malen...
aber -
ganz besonders
würde ich Dich gerne wiedersehen!

Ich gebe Dir einen Kuss, wohin Du magst, und,
wenn Du magst - noch viel mehr!
Isolde, die Holde

Meine kleine Isolde... Du siehst mich bald wieder. Ich denke schon darüber nach, wie wir unser Leben gestalten werden. Sie ist mehr als nur ein Flirt oder ein Versuch. Für mich ist sie Gewissheit, und ich bin froh, dass sie es auch so sieht. Meine Suche ist zu Ende, definitiv, auch wenn sie es mir noch nicht so richtig glaubt.

Guten Morgen treuer Ritter,

habe diese Nacht
in meinem Turmzimmer verbracht
und nur an Dich gedacht...
Hände natürlich immer schön sittsam über die Bettdecke
gefaltet. Ich bin glücklich, solch einen kostbaren, ungeschliffenen
Edelstein gefunden zu haben, er bringt mir Glück und die Liebe
zurück... So, nun muss ich in die Kleider schlüpfen, in die Stadt
eilen und zur Bank. Habe vor lauter Tristan vergessen,
Rechnungen zu bezahlen. Und das, wo ich doch immer so
korrekt bin! Heute Nachmittag werde ich meine liebe alte Dame
besuchen (und nur an Dich denken und mir den Kopf
zerbrechen, welche Farbe Dein edles Ross hat) Erwache sanft
und lasse Dich verwöhnen mit einem Kuss.
Isolde

Sie macht mich wirklich verlegen... Ein ungeschliffener Edelstein. Sie wird ja hoffentlich nicht vorhaben, mich zu schleifen...
Aber ich glaube, sie ist klug genug, es nicht zu versuchen. Dann
wären wir am Ende, ehe wir richtig angefangen haben. Ich weiß
ja, dass ich kein einfacher Mensch bin, und bisher ist jeder Versuch, mich umzuerziehen, fehlgeschlagen, und das ist gut so.
Aber bei ihr kann ich einfach so sein, wie ich nun mal bin. Und
das ist gut so... Denn nur so geht es.

Guten Morgen Isolde

Zurück vom Zinswucherer und Besuch der alten Dame, ein lieber
Kuss von mir… Gleich besohle ich den Gaul neu, der Opel heißt,
hab ihn schon gefüttert heute morgen und mit Muttern
Wintervorräte besorgt. Gen Abend reite ich gen Bielefeld,
morgen dann Besprechung, und dann ist endlich Mittwoch…
Jubel, Jubel. Doch ehe ich Dir unter die Augen trete, werde ich
mein Haupthaar kürzen lassen und alle Wohlgerüche Arabiens
mögen mich betörend überdecken…
Bis bald, ich denk an dich
Tristan

*Tristan, für mich musst Du Dich nicht „schön machen", Du
bist perfekt so wie Du bist! Es ist natürlich auch ein Kompliment an mich, das verstehe ich schon. Danke… Ich warte ungeduldig auf Mittwoch, möchte doch Tristan näher kennenlernen,
den Alltag mit ihm erleben, ohne rosarote Brille. Tristan pur…*

Liebste Isolde

Magst Du mit mir in die Metropole reiten? Hab bei Kurt mal nachgefragt - Antwort siehst Du hier -
Bussi, Bussi, Bussi
Tristan

Hallo Kurt

Ich bin zurück aus der Türkei und würde gern mal in Berlin vorbeikommen, um zu sehen, wie es euch geht, was dein Buch so macht und überhaupt... Bei mir hat sich holde Weiblichkeit eingefunden, und meinen Lebensrhythmus durchaus verändert. Manchmal passieren erstaunliche Dinge, besonders, wenn man nicht damit rechnet. Muttern geht es ganz gut, und neue Medikamente haben die Erkrankung erst mal gestoppt. Du siehst, bei mir könnte es kaum besser sein... Nu schreib mal, was es so Neues bei euch gibt, und wie es zeitlich so gehen könnte mit unserem angedrohten Besuch...
Lieben Gruß
Karl der Wandercharismatiker

Lieber Karl,

das nenne ich eine Gebetserhörung - super! - Freue mich für Dich und Deine neue Freundin. Für Dich, weil Du in so späten Jahren nochmal eine Chance bekommst, nicht mehr wie ein halb verglühter Meteorit durch die Welt stapfen zu müssen, und für Deine Freundin, weil sie mir Dir einen so liebenswürdigen Kerl bekommt.

Wenn Du also kommen willst, sag mir wann? Ich freue mich auf Dich, auch mit Freundin. Über das Türkeibuch dann vis a vie beim Café mehr.
Liebe Grüße
P.S. Wie heißt Deine Lady?

Lieber halb verglühter Meteorit, Ritter Tristan, meine Seele

Ich werde mit Dir überall hin reiten, wohin Dein Weg Dich auch führt.
Ich reite mit Dir nach Tír na nÓg auf meinem weißen Pferd,
Du musst Dich nur gut festhalten, sonst schaffen wir das nicht.
Tír na nÓg Ireland, Google mal!
So, nun knutsch ich Dich, bis der Arzt kommt, und den schicken wir dann wieder heim, woll.

Isolde

Schön, dass wir zusammen wegfahren können. Aber ich bin doch skeptisch wegen dieser Euphorie... ,,Ich reite mit dir überall hin"... Wir kennen uns doch im Alltag noch überhaupt nicht. Es ist sicher besser, die Bälle flach zu halten und alles langsam und vorsichtig wachsen zu lassen. Ich mag auch nicht auf einem hohen Sockel stehen. Nur von oben kann man schnell fallen. Nach der Reise werden wir mehr wissen.

Ritter Tristan

Ich möchte leben mit Freude, mit Liebe mit Wärme und mit
Herz. Ich möchte meine Liebe in den Händen tragen und sie
sinnlos verschenken. Ich trage seit langem ein „Schatzkästlein"
mit mir herum, konnte es nie öffnen, der Schlüssel fehlte. Nun
habe ich den Schlüssel gefunden! Ich möchte mein Leben dazu
benutzen, anderen Menschen Freude zu bereiten. Geld und
Luxus brauch ich nicht. Du hast mich wieder auf meinen Weg
gebracht, mir den Schlüssel gegeben, ich danke Dir dafür!
Und dann küssen sie sich endlich the sun and the moon.
Ich weiß, ich bin eine hoffnungslose Träumerin und wünschte
mir, das Du mich verstehst.
I am looking for something very special, like the love of the sun
and the moon.
Träume gut, a kiss and a big hug and another kiss and many
more,

lieber Tristan

Isolde

Träum auch Du schön, meine Kleine. Bald sehen wir uns
wieder... Und die Fahrt nach Berlin wird sicher aufregend, da
erleben und genießen wir uns. Das Wetter soll gut werden, und
ich bin aufgeregt wie ein Schuljunge vor der Klassenfahrt...

Hallo Isolde

Ritter Tristan erreichte heute Bielefeld, die Stadt, die es nicht gibt, und begab sich zur Ruhe, um nach kurzem Schlummer geweckt zu werden von einem schmerzenden Auswuchs dort, wo die Beine sich treffen, einem Schwerte gleich, gewaltig anzusehen... Was mag das sein? Der Traum von Isolde mag dazu beigetragen haben, und ich muss mich unverzüglich in Therapie begeben. Zum Glück ist Schwester Rabiata nicht mehr im Dienst...
Guten Morgen, Gerda - Noch ein Tag, dann sehen wir uns wieder, und ich freue mich auf Dich. Spazierengehen, reden, Gedanken austauschen über das Leben und die Liebe, und dazu eine Currywurst - das wird fein. Und ich werde Dir ein verständnisvoller Zuhörer sein... Dir eine gute Tasse Kaffee und einen Kuss auf den Bauchnabel...
Mir wurde bewusst, dass ich bisher Deinen Bauchnabel nicht geküsst habe - das wird unbedingt nachgeholt...
dein Tristan

Wir haben so vieles noch nicht gemacht, mein Tristan. Ich wünsche mir ganz viel Zeit dafür, mit Dir. Wir werden in Dein Kappadokien reisen, Deine Welt aus 1001er Nacht, ich möchte Dir mein Irland zeigen, die ,,Streichelberge".

TRIS, Du unverschämter Ritter,

bringst mich um den Schlaf! Es geschieht etwas, was ich nicht wollte, aber ich kann es nicht stoppen. Sich verlieben nennt man es wohl...

Sehr geehrter Patient
In unserer Klinik ist absolutes Waffenverbot! Also richten Sie sich danach, woll!
Sr. Rabiata

Tris,
züchtige Deine Träume, versuch es mal mit Eiswürfeln... Und ich brauch erst mal einen Kaffee.

Komme gleich zurück, küsse Deinen großen Zeh,

Isolde

Wenn ich an Dich denke, muss ich lächeln. Und das ist ständig... Ein völlig neues Lebensgefühl, dank dir. Es ist wunderbar, verliebt zu sein. Ich fühle mich wie ein Schmetterling im Morgentau.

Lieber Tristan,

Wusstest Du nicht, dass Ritter immer Schwerter tragen. Kennst Du nicht den Ruf der edlen Bande (von Haudegen) „Auf in den Kampf! Einer für alle und alle für einen!" Und darum geht es ja nur, sich bei den Burgfrauen einzuschmeicheln, Eindruck zu schinden mit ihren gewaltigen Schwertern. Habe ich Deine Frage beantwortet? Ich weiß, Du bist noch nicht lange von edlem Geblüt, musst Dich erst zurecht finden...

Lieber Patient,
Schwester Gertrude ist krank, hat Halsschmerzen. Wenn Sie dennoch kommen wollen, könnte es sein, dass Sie die Pflege übernehmen müssten. Denke aber mal, es wird Ihnen keine Schwierigkeiten bereiten, Sie waren ja lange genug in Bethel tätig.
Sr. Rabiata

Karl, Du herumirrender Komet,
wir haben so vieles nicht gemacht! Bedenke, wir haben uns lediglich vier Tage gesehen. Und die Fantasie kennt keine Grenzen, wenn sie erst einmal erwacht... Currywurst ist immer gut, aber, wir können auch was kochen... Du hast mich wieder wach geküsst, ich brenne darauf, die Gerda von 1998 wieder zu sehen, die Gerda, die schreibt, lacht, liebt, sich vielleicht mal wieder traut zu malen...
Und Isolde, die mit Tristan bis ans Ende der Welt reitet, auf ihrem Schimmel... Ich freue mich drauf! Und wenn Du Wünsche hast, sag sie mir, ich möchte versuchen, sie Dir zu erfüllen.
Guten Morgen, ich küsse Deinen geschundenen Rücken,
Isolde

Richtig, es waren nur vier Tage. Aber was für Tage! Die nächsten Tage werde ich für Dich kochen - Liebe geht durch den Magen und gehört zur Pflege mit dazu. Sie glaubt doch wohl nicht, dass ich mich von Halsschmerzen abschrecken lasse?

Dienstag, 26.10.2010

O Isolde mein...

Die prächtigste Pflege will ich Dir angedeihen lassen, selbstlos
bis zur Aufopferung - und natürlich übernehme ich das Kochen.
Ein wenig Fisch, dazu Salat und Obst, Quark und Sahne sollen
Dich stärken... gegen 14 Uhr wird der Tross anrücken, mit Ritter
Tristan an der Spitze. Und danke für die Information betreffs der
Bewaffnung - Nur durch Dich wurde ich zum Ritter.
Bis morgen dann, und möge Liebe und Phantasie dein Herz
durchfluten...
Tristan

Dienstag, 26.10.2010

Starker Ritter Kunibert (upps - sorry, das ist ja der andere!)
also, nochmal von vorn -

Starker Ritter Tristan
Oh, ich braucht erst einmal mein Riechsalz, Deine Mail und
Deine Fürsorge haben mich so überwältigt. Gedankt sei Dir,
mein Edler! So wart ich denn bis Morgen. Die Fahnen werden im
Winde wehen und Dich auf meiner Burg begrüßen! Sei gegrüßt
und ,,schäme" Dich Deiner Waffe nicht. Nun, zum Ende, kommt
gar kein Gedicht, nein, einen zarten Kuss send ich Dir...
Isolde

Lieber Tris,

bitte komme bald, vor dem Burgtor stapeln sich die Heiratskandidaten. Ich kann sie nicht mehr abwimmeln, mein Vater will eine schnelle Entscheidung, aber - ich mag die alle nicht! Reite hinfort von hier mit mir, gen was auch immer. Hinzu kommt, ich fühle mich sehr malade, brauche dringend pflegerische Fürsorge! Ich hoffe, ich mute Dir nicht zu viel zu, doch Du bist meine einzige Zuflucht!
Ich küsse und umarme Dich
Deine Lady Isolde

Ach, ja, die Minne... Das Kind in mir wird zum edlen Ritter. Ich gehorche, meine teure Isolde. Ich kann es kaum glauben, dass wir beide in so einem Alter noch so rumspinnen. Super!

Dienstag, 26.10.2010

Liebste Isolde

Gleich morgen werde ich bei Dir sein, und alles, was vor deinem
Fenster lungert und lauert, unbarmherzig in die Fresse kloppen...
Tristan naht, Dich zu retten, seine starken Arme werden Dich
umfangen und schützen, sein Mund wird deine Wunden lecken,
und gesunde Nahrung wird Dich stärken. Tristan zählt die
Stunden bis morgen und freut sich, das Schwert ist geputzt und
der Gaul neu besohlt... Und wo immer Du hingehen magst,
nimm mich mit, egal, ob Ireland oder Kamener Kreuz. Auch das
Kreuz des Südens darf es sein. Näheres besprechen wir morgen
in aller Ruhe beim Tee... Ich sehnsüchte dich
Ganz viel zarte Küsse auf Deinen geschundenen Körper gibt dir
Tristan der wackere Recke

*Es macht Spaß, mit Karl so ,,herumzublödeln", er ist genau
so ein Kindskopf wie ich...*

Dienstag, 26.10.2010

Edler Retter,

Danke, ich kann es kaum erwarten, wenn Du für mich in den Kampf ziehst, um mich zu erlösen. Falls Du es überleben solltest, reiten wir ins Land Tír na nÓg!

Ich umarme Dich,

Lady Isolde

Tír na nÓg machen wir später - jetzt geht es zum Konzert, ich bin gespannt, ob Du meine Freunde mögen wirst. Sie werden Dich auf jeden Fall mögen, das weiß ich schon jetzt.

Mittwoch, 27.10.2010

Hallo Isolde

Ich bin schon unterwegs, ungestüm jedes Hindernis beseitigend, getrieben von der Minne, sattelt der Ritter sein Ross... Bis gleich dann - wenn die Sonne den Zenit überschritten hat, werde ich bei Dir weilen...
Noch einen auf die Nase
Ritter Tristan

Gerda erzählt

Karl und ich sind auf der Autobahn in Richtung Gummersbach, ein kleines Dorf in der Nachbarschaft ist unser Ziel. Dort findet heute ein Konzert von Wulfin Lieske statt, nur einige ausgewählte Gäste werden da sein - und ich auch! Interessante Menschen, Kunst, Musik, Karl's Fotograf und seine Frau, all dies wird mich dort erwarten. Die Fahrt ist sehr entspannt, Karl und ich reden viel, werden uns vertrauter, fast schon wie ein altes Ehepaar. Wir verstehen uns auch ohne Worte, obwohl wir uns so wenig kennen, nur eine Handvoll Tage... Es ist die Liebe, Liebe und Vertrauen, Liebe ohne Ende, ich scheine angekommen zu sein. Natürlich verfahren wir uns auf Anhieb, - Gott, was soll's, am Ende finden wir den rechten Weg, zur rechten Zeit. Kadin und Jens sind zauberhaft, wir haben absolut keine Berührungsängste, die Beiden fühlen sich an wie alte Freunde. Karl muss schon ein ganz besonderer Mensch sein, all seine Freunde begrüßen mich auf das Herzlichste, freuen sich, dass er endlich eine Partnerin gefunden hat. Das Konzert findet in einem alten umgebauten Haus statt. Wulfin's Frau, eine Künstlerin, hat hier ihre Werke ausgestellt, ja, es ist hier absolut meine Welt. Nach dem wunderbaren musikalischen Teil des Nachmittags, den Karl und ich Hand in Hand genießen, gibt es viel Smalltalk, Karl ist bekannt wie ein bunter Hund unter den Gästen. Ich stehe etwas abseits, schaue ihn mir an, bewundere ihn, streichle ihn in Gedanken... Später am Abend dann ein kleines Buffet und viel Rotwein. Langsam verabschieden sich die Gäste. Zum Schluss sitzen nur noch die Gastgeber, Wulfin und seine Frau, Jens der Fotograf und Kadin, Karl und ich vor dem Kamin und plaudern. Ich fühle mich „wie zuhause". Am späten Abend dann fahren wir wieder nach Bielefeld.
Ich bin glücklich, habe viele nette Menschen kennen gelernt, und einen ganz besonders - meinen Wandercharismatiker!!!

Karl erzählt

Ein wunderschöner Wintertag - wir fahren ins Bergische Land zu einem Konzert, nur wenige Gäste werden dort sein. Wulfin, der preisgekrönte Meister der klassischen Gitarre, wird spielen. Ich hatte unmissverständlich klar gemacht, dass Gerda mich begleiten würde, und niemand hatte etwas dagegen, im Gegenteil. Ich glaube, sie war sehr nervös, hatte sicher Angst, vor meinen Freunden bestehen zu können - völlig unbegründet, wie sich bald zeigen sollte. Nachdem ich mich leicht verfahren hatte, erschienen wir aber pünktlich, und wurden herzlich und freundlich begrüßt. Insbesondere Jens und Kadin, die alten Freunde aus der Türkei, verstanden sich auf Anhieb mit Gerda, gemeinsam schauten wir uns Heide Lieske's Plastiken im Garten an, und Gerda, die aus Irland Erfahrungen in der Bildhauerei mitgebracht hatte, nutzte die Gelegenheit, sich einbringen zu können. Schon nach kurzer Zeit war ihre Aufregung verflogen, und ich konnte sie mal allein lassen und ein wenig herumgehen, hörte sie und Kadin lachen. Die Gute ist erst seit 2 Jahren in Deutschland, geht jeden Tag zur Sprachschule und leidet unter der Isolierung, hat oft Heimweh, aber die beiden Frauen verstanden sich prächtig, wie alte Freunde. Schon bald gratulierte man mir zu dieser außergewöhnlichen Frau, die zu mir passe „wie Arsch auf Eimer". So sagt man auf Kölsch, an Präzision kaum zu überbieten, und es drückt genau aus, was ich auch dachte und denke. Dann begann das Konzert, Wulfin, wie immer hochkonzentriert, spielte einige Stücke unbekannter spanischer Meister, die er kurz erläuterte, im zweiten Teil dann Eigen-kompositionen, die Anleihen an die Geschichte der klassischen Gitarre enthielten, aber doch seine eigene, unverwechselbare persönliche Note trugen. Wir waren begeistert.

Gerda und ich saßen Hand in Hand, hatten offene Ohren für diese exzellente Musik, aber alle anderen Sinne waren auf uns gerichtet. Ich spürte, dass sie sich wohlfühlte in dieser kleinen Runde. Später dann, beim kleinen Büfett und einem Glas Rotwein, saßen wir vorm Kamin, die meisten Zuhörer waren gegangen, und plauderten entspannt über Belangloses, lachten und fühlten uns wohl. Gerda wurde ein wenig über ihr Leben und ihre Hobbys befragt, sie antwortete gerne, denn es war echtes Interesse an ihrer Person. Ein wunderschöner Abend, der uns beide noch näher zusammenbrachte, und ein Abend, den man so schnell nicht vergisst. Spät, fast als Letzte, brachen wir auf, wir hatten noch 2 Stunden Fahrzeit vor uns, und Europa wartete, wir waren müde und glücklich über unser erstes gemeinsames Erlebnis, und ich konnte feststellen, welch angenehme Reisebegleiterin sie war und ist, und wusste jetzt ganz sicher, dass mich meine Gefühle nicht getäuscht hatten.

Des Paares Schriftverkehr

Freitag, 5.11.2010

Hallo lieber Traum
Vielen, vielen Dank, Du bist mein schönstes Geschenkpaket, hast
mein Herz erobert, ich kann nichts dagegen tun, aber es fühlt
sich gut an!
Love, Isolde

Freitag, 5.11.2010

gut lieb Schwester
Nix machen danke für... haben gern Schwester mit groose
Augen, viel lieben ich, und ganz viel freu auf bald
Kuss
dein Turkman

Freitag, 5.11.2010

moin moin
Ich hoffe, Du hast gut geschlafen... türkisch Mann viel denken
an Frau, ganz viel lieben, sehen will bald. Montag, kommen mit
Herz viel heiss...
kuss von deine türk

Isolde hat die Nacht
in Amerika verbracht
ganz allein
nun ist sie wach
und denkt an ihn
den Türk
und kocht erst einmal einen Tee
heißt den Wandercharimatiker
willkommen...

Lieber Muselmann,
Du ziehst mich sehr an (manchmal auch aus). Aber leider muss ich Dir mitteilen, das ich mein Herz schon verschenkt habe, an einen Wandercharimatiker. Wir tanzen wie Tristan und Isolde, Bruder Carolus und Schwester Gerda, denn love will never die...
Sei also nix böse,
ich trinke einen Kaffee auf Dich,
Frau Aishe

Sie steigt auf jeden Blödsinn sofort ein. Jetzt sind wir Türkmann und Aishe. Rumblödeln ist Geil. Auf tristes Deutschtum habe ich keinen Bock. Ich werde mir schon mal was überlegen für den Montagabend. Die Kneipenszene von Münster kennenlernen vielleicht... Oder mal den Jazz-Club. Ihr wird sicher was einfallen...

Hallo Frau

Wenn türkisch Mann denken an Frau, dann im Kopf drehen wie Döner...- trinken Tee, aber nix Ruhe kommen. Was machen türkisch Mann jetzt? Viel unglücklich, machen warten auf Frau Münster. Selbst Bruder Carolus nix helfen können, und Schwester Rabiata dienstfrei - aber vielleicht Schwester Isolde weiß Rat. Am Montag, ich fragen machen, kommen Münster ich, klingeln machen. Schwester aufmachen Tür für türkisch Mann? Ganz viel freuen ich.

Amerika ist soooooo weit weg...
Dickes Bussi, bis bald
Ich denk an dich
Dein Wundercharismatiker

Ja, Du bist mein „Wundercharismatiker", ein Magier aus 1001er Nacht. Ich kann es auch nicht sagen, warum ich mich schon am ersten Tag mit diesem Mann so wohl gefühlt habe. Vielleicht sind es seine Natürlichkeit und seine Bescheidenheit, die ich so mag. Er besitzt „nichts," nur sein Wissen und seinen Witz, auf anderen Besitz legt er gar keinen Wert, und ich auch nicht!

...und dann habe ich plötzlich einen Mann kennen gelernt,
der kommt aus Bielefeld,
wir haben uns 6 Wochen geschrieben,
und nun denk ich, mit dem könnte ich fliegen
somewhere over the rainbow...
Lachen, tanzen und lieben -
Willst Du mich begleiten, lieber türkisch Wundercharismatiker?
Sie hörten die Worte der Lady Isolde
ich hoffe, die konnte Ihnen helfen, die Holde.

Anzeige

Suche Bettgenossen für Amerika, könnte auch mehr daraus
werden, wer weiß das schon?

I will climb the highest mountain just for you...
Der Anfang eines Liedes, vielleicht ,,darfst'' Du es mal ganz
hören.

Tanzen wir den Tango, solange er dauert
verschenken die Liebe mit vollen Händen...
I will climb the highest mountain- just for you!
Grüße von Frau

Ich werde Dich begleiten, kleine Isolde. Wir sind erst ganz
am Anfang... für Dich lerne ich auch noch Tango tanzen, meine
kleine Isolde. Da singen wir noch einige Lieder...

Liebe Melek
Ich freue mich auf Dich und Amerika und das Spookies und und
und und und habe den Tag mit Sohnemann bei Muttern
verbracht, es gab Putenkeulen und morgen Ente mit Rotkohl.
Na ja - Du darfst mich bald Specki nennen.- Langläufe am
Aasee sind vorprogrammiert. Bussi Bussi, wohin Du willst, und
ganz viel davon. Und lass die Hände auf der Bettdecke, ich bin
bald wieder da.
Hab Dich lieb
Tristan

*Specki? Och Tristan, an einem Specki musst Du doch wohl
noch lange arbeiten, da reichen etwas Rotkohl und Ente wohl
nicht. Du scheinst sehr eitel zu sein, oder? Mir ist es doch total
egal, ob Du nun 2 Gramm mehr wiegst oder nicht, dass weißt
Du doch...*

Lieber Tristan

Ich habe diesen Tag ganz allein mit mir verbracht und musste feststellen - there is something missing. Shit, wollte ich gar nicht! Hatte mich damit abgefunden, allein als ,,Nonne" den letzten Abschnitt meines Lebens zu verbringen. Doch, man denkt und plant und Gott lacht sich halb schlapp und zeigt Dir eine andere Dimension. Sei es so, es fühlt sich noch immer gut an, gentle, smooth, like velvet. Habe ein wenig im Internet ,,gegoogelt", schau mal unter ,,kircheninkappadokien", klick Jens Gerhold an - und - surprise, surprise, ich konnte die Henna Party und die Hochzeit sehen, war sehr schön. Bloß den Trauzeugen, ich muss schon sagen - wen haben die denn da genommen? Irgend so ein Türkmann? Na ja, musste wohl so sein. Und, wer weiß, mag der ja ganz nett sein (für einen Türkmann) Tristan, ich freue mich, wenn ich Dich wieder sehen darf, es ist mir eine Ehre! Ich warte hier so lange in meinem Turmzimmer und träume...

A kiss and much more-
Melek / Isolde

P.S. Was bedeutet ,,melek"?

Das war eine Hochzeit - total krass. Und ich der Trauzeuge bei einer türkischen Hochzeit, mit Anzug und gefärbten Haaren... War ein Riesenspaß.

,,Melek" bedeutet Engel, mein Engel. Dein türkmann viele Sprach weiss...

Melek, mein Engel, wie schön...

Und ich sitze da und schau den Wolken zu im Sand,
Lass die Seele baumeln,
spüre den Wind,
rieche den Regen,
lausche der Brandung zu
und -
die Fische erzählen von fernen Ländern
und
der Wasserqualität,
die früher auch mal besser war.

Aber -
irgendwie,
wie soll's man ändern,
die Menschen hören doch nicht zu.

Und die Krabbe erzählt der Languste,
sie habe vom Hummer gehört,
dass Sushi jetzt bei den Menschen ,,in" sei.
na ja,
bis nun habe sie ja das Glück gehabt,
den Fischerbooten nicht in die Quere zu kommen.
Sie könne sich auch ein schöneres Ende vorstellen,
als roh gerollt in irgend so ein Reisblatt auf den
Tisch zu kommen!

NEIN, sagt sie,
ich will das auch gar nicht weiter denken,
und sowieso,
muss zurück zu den Kindern
und -
Schönen Gruß an Deinen Mann!

Und ich sitze da im Sand,
lausche der Brandung,
spüre den Wind in den Haaren
und lasse die Seele
baumeln...

Melek

Liebe Krabbe

Bin heute nach Bielefeld gekommen und gleich wieder aus dem Haus gerannt, weil es mich hier so nervt. Nun ist Ruhe, und die Chaoten nebenan schlafen. Ich freue mich auf morgen, werde mit 2 gegrillten Putenkeulen vor deiner Tür stehen, gesalbt und wohlriechend, in freudiger Erwartung... Noch kennen wir uns zu wenig, um zu sagen: Ich liebe Dich...
aber dennoch ist mir danach. Freue mich auf dein Lachen, Deinen Witz, deine Lebensfreude (und auch auf Deinen Bauchnabel)
Bis bald
Karl

Er macht mich ganz verlegen. Ich habe schon lange nicht mehr solche schönen Worte von einem Mann gehört. Zumal, ich weiß, er meint es so, wie er es sagt. Und ich teile diese Gefühle mit ihm...

Guten Morgen lieber Hummer,

Schade, Du wohnst zu weit von Münster, der Stadt, die es nicht gibt. Hätte Dich gern willkommen geheißen, Deine Seele gebügelt, Dir einen Tee gekocht, selbst gebackenes Früchte - Nuss - Brot gereicht und vielleicht hätte ich Dich auch geküsst (aber nur, um Dir die Chaoten aus dem Kopf zu bringen!) Ja, ich freue mich auf die Putenkeulen und ihren Überbringer! Dein Pullover liegt frisch gewaschen, wohl duftend bei mir im Kleiderschrank (wo auch die Geister der Vergangenheit wohnen). Du wirst ihn brauchen, denn es wird arg kalt! Auch mir ist es danach, diese drei magischen Worte zu sagen - aber - ja, es ist noch viel zu früh!
Ich kann nur immer wieder sagen: Es fühlt sich gut an! Du fühlst Dich gut an!
Melek

Sie hat den Pullover gewaschen, den ich vergessen hatte - das nenne ich Fürsorge. Sie möchte mir etwas Gutes tun, das bedeutet es wohl. Und sie tut mir so gut, macht mich verlegen. Aber ich würde auch alles für sie tun, und mehr, als nur so einen Pullover zu waschen...

Feenzauber

wer glaubt noch daran?
Wunder und Magie
Diamanten leuchten am Himmel
abertausend
Mittsommersonnenvollmondnacht
warmer Sand
Elfen fliegen durch den Traum
lächeln, spielen, machen Schabernack
verteilen kleine Blüten, weiß und zart.

Doch ganz plötzlich
wandelt sich die Farbe
in ein sattes dunkelrot
dunkelrot der Liebe
und fallen dann,
wie Sternenstaub
auf ein Paar herab am Strand.
Und plötzlich ist die Liebe da
wie aus heiter'm Himmel

und die Elfe lächelt
über ihren Schabernack...

Isolde

P.S. Wenn Du kommst, musst Du mich pflegen, ich habe mir
eine gaaanz dicke Bronchitis eingefangen.

Hoffentlich ist es nicht so schlimm. Ich werde für Dich
kochen und zur Apotheke gehen, und bei Dir sein, deine Hand
halten, Dir vorlesen... Was immer Du magst.

Sehnsucht nach Amerika

Amerika, Du weißes Linnen,
Dass sich auf weiten Flächen streckt
Wie gerne wär' ich in Dir drinnen
Hätt gern den Körper ausgestreckt.

Und will auf ewig in Dir ruhen
Und spüren endlos diese Weite
Und fühlen, wie ich ohne Schuhe
Beständig reite, reite, reite...

Dort will ich sein, und wilde Rosen
Sollen stets umschlingen mich;
Mich halten, mit und ohne Hosen
Und flüstern mir: ,,Ich liebe dich"

Karl

Rose flüstert ganz leise:

Ich liebe Dich...

An den außergewöhnlichen Wandercharimatiker, der mein Herz eroberte:

I will climb the highest mountain just for you
and I will scream aloud at the altar of God-
I love you!
We'll take a ride in the tunnel of love,
just us two
I am the air that you breath- I am you!

Melek

Donnerstag, 11.11.2010

Good morning, my dear

Das Verfahren gegen mich ist eingestellt worden, und Post von dir. Schöner kann ein Tag nicht beginnen. Einen zarten Kuss zum Kaffee schicke ich dir, und einen fröhlichen Tag...
Bis morgen dann, meine Muse
Dein Wandercharismatiker

Oh!

Und ich wollte Dir gerade schreiben und fragen, ob ich Kuchen backen soll mit Feile drin, ob Du in Blockstreifenkleidung Tüten kleben musst und wie lange. Gibt es im Knast auch Internet? Bei Wasser und Brot (mit ohne Butter)? Sitzt man da ganz allein mit seinem Wellensittich in der Zelle, schaut durch das vergitterte Fenster und träumt von Kappadokien? Muss man dort morgens die ,,Klo's" putzen, nachmittags eine halbe Stunde Auslauf im Hof? Kommen dann die ganzen Schwerverbrecher und drohen mit Prügel auf die Fresse, wenn Du ihnen nicht Deine ,,Zaretten" abgibst? Abends 8 Uhr Licht aus und Klappe halten, morgens halb sechs- aus den Federn, ab Marsch zum Gebet? Und nun dies - Verfahren eingestellt! Dafür mache ich mir nun so viele Gedanken... TYPISCH - einfache Krankenschwester mit Helfersyndrom! Und nun soll ich Dir wohl einen schönen Stammtisch heute im Felsenkeller wünschen, was? Na ja, ich will mal nicht so sein... Und schönen Dank für den Kuss
Sei frei wie ein Vogel und fliege dorthin, wohin Dein Herz Dich führt.
Deine Muse

Das würde sie fertigbringen, einen Kuchen backen mit Feile drin, oder das Fluchtauto fahren. Aber so schlimm ist ein Strafmandat glücklicherweise ja nicht. Aber sie wäre für mich da, in jeder Lebenslage, das bedeutet es. Und ich auch für sie... Beim Stammtisch wäre sie bestimmt gern dabei, sie fühlt sich wohl unter den Freunden. Kein Wunder, sie lebt ja so isoliert. Ich glaube, ich muss sie sanft da raus zerren...

Bronchitis

Unter deinem Rippenbogen
sitzt ein dicker fetter Schmerz.
Da drum mach ich einen Bogen,
will doch in dein warmes Herz.

Leise dreh ich meine Runden,
auch in deinem zarten Haupt.
Fühle mich mit Dir verbunden,
hätt es selber nicht geglaubt.

Ich werde zärtlich Dich behandeln
Verspreche dir, Du zartes Weib:
Liebe soll dein Leid verwandeln;
dein Schmerz vergeht - Ich bleib.

Danke, mein Lieber, für das schöne Gedicht. Ein Gedicht hat mir noch niemand geschrieben... Ja, Tristan, bleib, fliege mir nicht wieder davon.

Donnerstag, 11.11.2010

Und Du bleibst... Heiße Dich willkommen in meinem Leben,
lieber WC!
Melek

Melek mein
was machen Rippen? ich morgen kommen können? sagen schnell
türkmann

Ach Mann von Türkenland,
was soll ich sagen?
Was Du auch immer fragen?
Komm zu mir, Du edler Ritter mein,
wird dann schon viel besser sein.

Rippen werden noch ein wenig schmerzen,
doch mit Dir in meinem Herzen,
wird es gleich viel besser sein
und der Doktor sagt nicht nein,
ja, Du solltest bei mir sein!

Sag nur rasch geschwind,
soll ich schlachten unser Rind?
Heute ich kochen Hühnersuppe,
gut für Seele und Erkältung
die langt auch für ne große Gruppe,
und das Gedicht bekommt nun eine Endung.

Lieb poetisch Weib

Ich mache morgen noch sauber hier, dann komm ich eilends zu
dir. Gegen Mittag, wenn Du magst, ruf ich Dich an, bevor ich
losfahre. Du fehlst mir... ...freue mich schon so auf Dich...
schmatz schmatz schmatz schmatz
Dein Specki, dein Rolli

Lieb Rolli, Du kein Specki sein,

Du TürkMann aus Kappadokien mein!
Nu mach mal nich sonne Welle wegen 10 Gramm übergewicht,
woll

Lieb Rolli fahren gaaanz langsam
das Wetter ist nicht gerade handzahm
nein,
es ist mehr ein Sturme, nicht.

Meine Rippen wieder dolle schmerzen,
nein, mir ist nicht zum scherzen
brauche dringend TLC! (tender loving care)

Erwarte Dich, mein Rolli, mit Sehnsucht im Herzen und Herpes
auf der Lippe,
nein, ich nehm Dich nicht auf die Schippe!-
meine Gefühle und der Herpes sind echt
was meinste, so zu dichten is doch nich schlecht
ODER?
Küsse Dir auf Mund und Zeh
das tun TürkMann gaaanz gut und gar nicht weh.
Melek Dein

Dear Sir,

Amerika muss heute ohne Dich auskommen! Muss gestehen, es
fällt mir immer schwerer, ohne den Geleitschutz des
Wandercharimatikers durchs Leben zu gehen. Was hat das zu
bedeuten? Auf jeden Fall hast Du einen festen Platz in meinem
Herzen erobert und das fühlt sich sehr gut an! So wie
,,Arsch auf Eimer''.
Wünsche mir, mit Dir noch sehr viel zu erleben. So viel Zeit
bleibt uns eh nicht mehr, den 20. Jahrestag (wann immer der
auch sein mag), werden / würden wir den je erleben? Wie
gesagt, wir haben keine Zeit mehr zu verschenken / vergeuden.
Ich genieße also jede Minute mit Dir - so lange es dauern mag.
Melek - Isolde

P.S. Ich liebe Dich

Sie hat ja so recht. Für uns gibt es kein ,,irgendwann''
mehr, nur ein ,,entweder jetzt oder gar nicht''. Ich sehe das
genauso, der Herbst des Lebens hat längst begonnen, und in
den Jahren, die wir zusammen haben werden, fehlt mir die
Lust, mich zu streiten wegen irgendeiner Kinderei. Die Wertig-
keiten sind andere geworden, und wir beide haben gelernt, was
wirklich wichtig ist im Leben. Der zweite Korintherbrief geht
mir immer im Kopf herum - ,,und hätte der Liebe nicht...''

Hallo meine Kleine

Hab grade bissele geschlafen, mich umgedreht und Du warst
nicht da... Die Zeit ohne Dich ist verlorene Zeit, - ich brauche
dein Lachen, deine Wärme, Deinen Witz... Studierte den
Wetterbericht für Montagabend nach Berlin - Wir haben keine
Zeit zu verlieren, müssen die Sonne nutzen, schon werden die
Schatten länger... Ich freue mich auf Dich und Amerika und
Kleinasien mit dir, und Irland und und und und und...
Ich liebe dich
Dein rastloser Wanderer

*,,Ich hab mich so an Dich gewöhnt", so fängt ein altes Lied
an. Und ich vermisse Dich auch. Ohne Dich zu schlafen ist
schon merkwürdig... Ja, nach Berlin mit Dir zu fahren wird
ein neues Abenteuer werden, ganz sicher. Du malst meine Welt
bunt an, Tristan! Berlin, eine lebendige Stadt, dort war ich
schon zwei Mal, 1973, damals noch mit der Mauer, und 1999
ohne. Bin gespannt, auch Kurt zu treffen. Karl hat überall gute
Bekannte und Freunde, ob es nun in Dresden oder Bayern ist.
Er ist ein außergewöhnlicher Mensch und trotzdem so beschei-
den... Kann ich mit ihm mithalten? Jedenfalls, sein Wissen
habe ich nicht. Werde ich ihm ,,reichen", so als ganz normale, einfach gestrickte Krankenschwester? Ich wünsche es mir
von ganzem Herzen! Fliege mir nicht davon, Tristan, bleib bei
mir...*

Die Hälfte Deines Lebens wartest Du - oder schläfst.
Du wartest auf den Bus,
auf bessere Zeiten
dass die Sonne wieder scheint
oder auf das nächste Wochenende.
Du wartest auf den Jahresurlaub
oder - das Du erwachsen wirst
Warten auf die nächste Gehaltserhöhung
vielleicht auf den richtigen Partner in Deinem Leben...

Du wartest auf etwas Besseres oder Schöneres
in Deinem Leben -
ob es wohl kommt?
Aber Du vergisst, um Dich herum zu schauen,
die Schönheit dieser Welt zu sehen,
Du riechst, siehst, fühlst gar nichts.
Du stehst da bloß blöd herum wie ein Idiot
und wartest, und vergisst,
das Leben findet hier und jetzt statt,
just in this very moment!

Morgen bist Du vielleicht nicht mehr in der Warteschlange
vergiss nicht, das Leben ist kurz und kostbar
So lebe Dein Leben jetzt und hier,
tanze den Tanz, als sei es Dein letzter,
umarme das Glück und lass es nie mehr los!

Die Hälfte seines Lebens wartet man... und schon ist das Leben vorbei. Und am Ende definieren wir es als eine Verkettung verpasster Gelegenheiten. Niemand wird sich bedanken dafür, dass wir so schön brav in der Schlange gestanden haben. Wenn ich an die vielen Leute denke, die alle irgendwann mal irgendwas machen wollen und letztlich nie irgendwas tun... Mit Gerda habe ich anderes vor, und wir haben keine Zeit mehr für „irgendwann mal." Für uns heißt es: jetzt oder gar nicht mehr. Sie sieht das auch so, und ich bin froh, sie gefunden zu haben.

Hallo Kleine

Na, zurück vom Spaziergang? Es ist Vollmond, und die Wölfe heulen vor Einsamkeit - besonders gefährlich ist jetzt der amerikanische Wolf, wenn er heimatlos durch die Prärie zieht, rastlos auf der Suche nach Opfern, denen er seine Zähne in den Hals schlagen kann... Bei Dir allerdings wird er zum Schoßhund und schnurrt wie ein Kater. Bald bin ich zurück und werde Dich verwöhnen, so wie ein Wolf sich um seine Liebsten kümmert. Nun ruft Muttern zum Essen -
Biss bald
Dein Carlo

Amerikanische Wölfe sollten bei Vollmond nach Hause kommen, bei ihrem Rudel oder Partner die Nacht verbringen, ansonsten könnte es gefährlich werden, mein grauer Wolf! Werde Dir gleich mal etwas dazu schreiben. Beißen kannst Du dann ja mich herzlich gerne morgen Nacht.

Dear Sir,

Sie schreiben von amerikanischen Wölfen. Ich habe auch schon davon gehört, sogar Bücher darüber gelesen. Es handelt sich dabei um Werwölfe, die sind zur Zeit im Krieg mit den Vampiren, gar nicht so ungefährlich! Die einzige Hilfe wäre die Kombi einer Gedankenleserin und einer schusseligen jungen Hexe. Dann geht es meist gut aus. JA, das Buch gibt es wirklich(Münster, Stadtbücherei) Der Jäger (wie bei Rotkäppchen und der Wolf) hilft da gar nichts, immerhin handelt es sich um amerikanische Wölfe. Aber, ich habe keine Sorgen, Vollmond ist Morgen, da werde ich persönlichen Schutz durch Ritter Tristan mit der Wunderwaffe haben.

Montag, beginnt in Münster der Weihnachtsmarkt. Ich war schon für Weihnachtsgeschenke unterwegs, schöne Geschenke soweit. Ich habe für Dich zwei neue Kleiderschränke gefunden (für unters Bett). Mich selbst habe ich mit Musik verwöhnt, kannst Du Sonntag, rein hören. Wenn Du sie magst, werde ich sie Dir kopieren. Kann man dann auch vom Laptop hören (denke ich mal) Ich freue mich schon auf ein Verwöhnprogramm. Ist Berlin sicher, hast Du schon nachgefragt? Wenn nicht, ist auch nicht schlimm, habe am Montag, ,,volles Programm", erst zur AOK, dann zum Doktor, danach zu Frau Schröder. Außerdem bin ich noch nicht voll einsatzfähig, kränkel immer noch so vor mich hin.- Alte Frau eben. So, nu musse isch erst ma Flur putzen (mit Kopftuch), melde mich später noch mal, woll!
Kusse auf Mund,
Melek Türkfrau

So wenige Zeit erst kennen wir uns, und sie sorgt sich so um mich... Das muss Liebe sein. Da heult der alte Wolf bei Vollmond... Isolde mit Kopftuch...

Für den einsamen Werwolf...

Kleine Mäuse auf der Gartenbank,
sitzen dort und speisen
ein Stück Brot mit Schweizer Käse.

Drei kleine Mäuse
teilen dieses Mal
feiern Fest im Mondenschein,
sind zu Gast auf einer Gartenbank
die Heimat ist für schöne Rosen.

Rosen auf der Gartenbank
haben überraschend Gäste.
Kleine Mäuse
die im Mondenscheine
gar so glücklich sind.

Käsebrot ist nichts für Rosen,
ihr Geschmack ist exclusiver,
trotzdem dulden sie die Mäuse
bieten ihnen Schutz heut Nacht.

Glücklich sind die kleinen Gäste,
freuen sich heut Nacht,
über Brot mit Schweizer Käse.

Rosen können nicht nur stechen
und die Nacht ist lau,
selbst der Mond hat gute Laune
hat er doch!-
mal für diese Nacht-
seine große Liebe, seine heißgeliebte Sonne,
wenn auch nur für einen Augenblick,
geküsst!

Zauberhafte, laue, Sommersonnenvollmondnacht...

Mai 2004

Lieber Tristan mein

Wie mir zugetragen wurde, ist morgen die Nacht der Nächte.
Amerikanische Wölfe wollen unser Amerika überfallen und in
Besitz nehmen.
So ruf ich Dich, Oh Ritter mein, sollest morgen ganz nah bei mir
sein.
Mich schützen mit der Wunderwaffe Dein,
soll Dein Schaden auch nicht sein!(oh -sagen wir mal - reim
Dich oder ich schlag Dich - na ja, kann nur besser werden)
,,Aishe?" hat gekocht, hat Flur putzt mit Kopftuch,
,,Aishe" gut woll?!
Voll Erwartung auf Sonntag!
Grüße an mein WC!
Kuss an große Zeh, über kleinen Bruder an Mund!
Melek, Dein!

Das wird ein schönes Wochenende werden mit ihr. Ich werde
mir etwas überlegen, was ihr eine kleine Freude machen könnte.
Aber ich habe keine Idee außer der, ungewöhnlich liebevoll zu
ihr zu sein. Das kann ich auch am besten. Vielleicht am Abend
vorher ein Glas Wein im Spooky's...

Liebste Aishe

Heim von meinem Abendtrunke hastete ich an den PC,
sehnsüchtig deiner Nachricht harrend... Du wartest auf Tristan,
den edlen Helden, wie erfreulich. Doch Tristans Wunderwaffe,
sie ist stumpf geworden und bedarf liebevoller Behandlung,
damit sie nicht Rost ansetzt. Strahlend und furchterregend soll
sie sein, um die Wölfe abzuhalten, und frisch geölt in die
Scheide eingeführt werden, wie es einem edlen Ritter geziemt.
Nun, ich werde mein Bestes geben, und die Vorbereitungen
laufen bereits. Muttern interessiert sich für Dich, habe ihr heute
deine Bilder gezeigt. Sie kann leider fast nichts erkennen. Und
Berlin ist noch nicht informiert, ich denke, wir sollten noch dein
Gespräch beim Arzt abwarten, ob Du wirklich die drei Tage weg
kannst, und dann eben anrufen bei Kurt. Morgen erscheine ich
dann, frisch gewaschen und geölt, bei dir, und ich freue mich
schon auf Dich, Du fehlst mir, meine Kleine...
Ganz lieb viel Kuss für Aishe
Dein Türkmann Tristan

*Ach, wir können schon nach Berlin, habe mich doch so
gefreut... Ich muss doch nur im Auto sitzen und die Karte
lesen, DAS ist eher ein Problem, bin nie bei den Pfadfindern
gewesen. Aber, wie immer, werden wir uns zunächst verfahren
und dann ganz locker den richtigen Weg finden, Abenteuer und
Spaß pur.*

Lieber Ritter, edler Tristan

Ich bin so froh, das Du mich heute, in dieser alles entscheidenden Vollmondnacht, begleiten wirst! Das Böse und Dunkle darf nicht die Macht übernehmen, die Liebe soll siegen, die Welt soll warm und hell in Schönheit strahlen. Sollte es uns nicht gelingen, so werden wir Seit an Seit sterben, verbunden und verwoben im schützenden Segel der immer währenden Glückseligkeit der ewigen Liebe. Wir werden sitzen auf einem Stern und die Welt betrachten, Arm in Arm.
Ich bin bereit!
Deine, für immer, Isolde

Guten Morgen Sonnenschein
Sende anbei einen Aufwachkuss auf den Bauchnabel. War gerade auf B.K.'s Webside, sehr interessant mit Diashow etc. und Kappadokien im Schnee. Eine kleine Traumwelt... Natürlich hast Du dort Dein Herz verloren und Du gehörst auch dahin, keine Frage. Ich verstehe das wohl immer mehr, geht mir ja auch genau so, irgendwie... Freue mich auf Dich. Magst Du Deine Mutter von mir grüßen?
Bis bald, türkisch Mann,
Aishe

Aber klar grüße ich Muttern. Sie freut sich, dass ich nicht mehr allein bin, und ihr beiden werdet euch mögen. Und mein Kappadokien wartet auf uns, Du wirst es lieben, da bin ich ganz sicher. Schöne Vollmondnächte dort, da können wir gemeinsam den Mond anheulen...

Sonntag, 21.11.2010

Guten Morgen Kleines

Mit der Sonne drang auch deine Mail in mein Hirn - welche
Freude... Am Nachmittag gegen 17 Uhr wird Tristan auftauchen
- doch Du wirst ihn nicht wiedererkennen. Er wurde gefüttert
mit Grünkohl und Mettwurst, Schweinefilet mit überbackenem
Käse, und der Wanst, der die Seeburger Straße entlang
watscheln wird, hat kaum noch Ähnlichkeit mit dem schlanken
edlen Ritter früherer Tage, und ich bitte um Nachsicht und
Geduld. Natürlich grüße ich Muttern von dir, und bald bin ich,
deiner Schelte harrend ob meines Zustandes, bei dir, und ich
verspreche Dir Langlauf um den Aasee. Denn für Dich möchte
ich stets attraktiv sein. Ich freue mich auf Dich, und gemeinsam
werden wir Amerika plattmachen.
Ganz viel Kuss und Schmatz
Dein Tristan

*Ach Karl, es ist mir so etwas von egal, ob Du zugenommen
hast oder nicht. Aber, dass Du schön für mich sein möchtest,
welch ein Kompliment... Um den Aasee joggen sehe ich Dich
aber eher nicht...*

Lieber Tristan

Wie ich schon öfter erwähnt habe,
ist Schönheit nicht perfekt.
Schönheit sieht man nur mit dem Herzen.
Schönheit ist:
    Sternenstaub im Haar,
    Liebesperlen in der Tasche,
    Träume im Gepäck,
Tristan hat sich in mein Leben eingeschmuggelt,
Carlos der Wandercharismatiker -

Er hat mir ein Geschenk überreicht,
die Neue-Alte-Gerda wach geküsst.

- Geschichtenerzähler -

Gerda im Traumland wieder angelangt,
es fühlt sich warm und weich und wohlig an!

Gerda kann wieder fliegen...

Kuss auf Mund und Nase und Deinen kleinen Bauch,
Isolde

    Sie macht mich verlegen, und wie sie so schreibt... Manchmal
wie ein Kind. Und so oft sagt sie, dass die alte Gerda wieder
erwacht ist, dank mir. Ich verstehe nicht, was sie meint und was
ich getan habe. Das muss sie mir unbedingt erklären, schließlich
bin ich ja ein Mann, und weibliche Gedankenwelt ist irgendwie
was anderes...

Hallo Tristan, es ist schön mit Dir! Danke, Melek

Eine nette kleine Überraschung. Am Datum sehe ich, dass sie es noch hier in Berlin geschrieben hat, wahrscheinlich während ich noch geschlafen habe. Sie überrascht mich immer wieder, und es ist schön, so geliebt zu werden. Manchmal macht es mir ein bisschen Angst, denn ich möchte sie nicht enttäuschen und sie nicht verlieren... Ich glaube, wir haben interessante und innige Zeiten vor uns. Es ist schade, dass wir uns nicht früher kennengelernt haben. Sie ist die Frau, mit der ich gerne Kinder haben würde. Aber dafür sind wir zu alt. Wir werden andere Träume haben müssen, an deren Erfüllung wir gemeinsam arbeiten können.

Berlin und die Zeit mit Karl war wunderschön, wünsche mir immer, mehr Zeit mit ihm verbringen zu können! Hätten wir uns doch eher kennen gelernt, er wäre der perfekte Vater für ,,durchgeknallte" Kinder geworden. Was für ein Traum...

Freitag, 26.11.2010
(Der Tag nach der Berlinreise)

Lieber Tristan
Es ist immer noch sehr schön mit Dir!
Danke dafür,
Isolde

Sonntag, 28.11.2010

Lieber Karl
Ich möchte mich bedanken für Deine Liebe und sie Dir 1000fach
zurück geben. Liebe ist nicht nur ein Wort...
Melek

Kleine Melek, es ist auch sehr schön mit dir... Kurt und
Frau mochten Dich, und Du hast alles mitgemacht, nicht rum-
gezickt, Dich gefreut wie ein Kind. Die letzten Jahre hast Du ja
gelebt wie im Gefängnis, warst nirgendwo, und immer allein.
Es ist schön für mich, zu sehen und zu spüren, wie Du auf-
wachst und munter wirst, wie Du Dich freust, wenn Du mich
siehst. Die alte / neue Gerda...

Guten Morgen Tristan!

> Ich will mit dem gehen, den ich liebe.
> Ich will nicht ausrechnen, was es kostet.
> Ich will nicht nachdenken, ob es gut ist.
> Ich will nicht wissen, ob er mich liebt.
> Ich will mit ihm gehen, den ich liebe,
> bis an das Ende der Welt...

Melek

P.S: Diese schönen Worte habe ich aus einem deiner Bücher abgeschrieben, ich weiß aber nicht mehr, aus welchem. Aber das ist mir auch egal, die Worte sind so treffend...

Dann geh mit mir, ich habe noch einiges vor... Aber einfach wird das nicht. Du kennst erst meine Schokoladenseite, ich kann ein sturer alter Bock sein, unbeirrbar und kompromisslos. Hoffentlich weißt Du, worauf Du Dich da einlässt. Wenn ja, dann herzlich willkommen in meinem Leben. Aber bitte keine Selbstaufopferung, Schwester Isolde.

Donnerstag morgen,
Karl liegt im Bett und schläft.
Ich schaue ihn an,
liebe ihn,
trinke eine Tasse Kaffee
und bin glücklich.

Ich streichele ihn mit meinen Gedanken,
küsse seinen Bauch,
knabbere an seinem großen Zeh,
möchte ihn nicht wecken.
Ich liebe ihn!

Karl schläft,
ich trinke eine Tasse Kaffee
und denke -
ist das alles wahr?

Melek

Ich war mal wieder nicht ansprechbar, weil ich zu lange geschlafen habe... oder sie zu früh aufgestanden ist. Vielleicht kann man manchmal besser schreiben als reden. Sie schreibt es wie in einem Tagebuch. Guten morgen, meine Kleine...

Was ich an Ihr mag...

Sie ist ohne jeden Dünkel und Arroganz, unglaublich natürlich, und nie versucht sie, jemand anderes zu sein oder in eine vorgegebene Rolle zu schlüpfen. Gleichzeitig ist sie klug, tolerant, und voller Verständnis für andere Menschen, nutzt deren Schwächen nicht aus, sondern hilft, wo sie kann. Das Schönste an ihr ist die Selbstverständlichkeit, mit der sie da ist. Alles, was ich für sie tun kann und darf, fordert sie niemals - es ist eher eine freiwillige Selbstverpflichtung meinerseits, und ich mache gern alles für sie. Bei ihr kann ich schwach sein, launisch, albern oder nachdenklich - sie nimmt es, wie es ist, versucht mich aufzuheitern, wenn ich traurig bin, beruhigt mich, wenn ich wütend bin, und unterstützt mich, wenn ich Hilfe brauche. Ich mag ihr Lachen, ihren Witz, ihren Einfallsreichtum, die Poesie in ihren Augen. Ihre Offenheit in allen Dingen mag ich, sie hat keine Angst vor Fehlverhalten, sie ist immer die, die sie ist, hat Fantasie und Witz, ist tolerant und verständnisvoll. Ihre Hilfsbereitschaft und Liebe zu den Menschen ist tief empfunden, aber sie hasst Ungerechtigkeit, Hochmut und Dünkel. Da kann sie zur Furie werden. Ihre Art, mit alten Menschen umzugehen, ist voller Verständnis und Achtung vor deren Lebensleistung, und sie strahlen, wenn Gerda den Dienst beginnt. Niemals ist sie laut oder voreingenommen, sensibel in ungewohnten Situationen, und versucht, hinter die Fassaden zu blicken. Dabei strahlt sie eine Ruhe und eine Würde aus, die ansteckend wirkt. Ich mag, wie sie so lächelnd durchs Leben geht. Und ihre Küsse mag ich...

Was ich an Ihm mag...

Was ich an ihm mag, ist nicht so einfach zu beantworten. Ich mag ihn so, wie er ist und ich möchte ihn so, ohne Schnörkel und Ösen, behalten, und bestimmt nicht ändern, keinen Zentimeter. Ich liebe seinen Duft, ohne Parfum. Die Einfachheit, sein Leben zu sehen und zu leben. Er reist nach Kappadokien, mit einem Rucksack, mehr braucht er nicht. Ihm ist es wichtiger, Bücher mit zu nehmen und eine Zahnbürste, bzw. selbst die braucht er nicht. Man kann doch alles vor Ort kaufen. Ich war einmal mit ihm in Deutschland in einem Schuhgeschäft, mit meinem Wandercharismatiker, er bekam eine Panikattacke und verließ fluchtartig das Gebäude. Es dauerte ganze drei Versuche, ihn wieder in das Schuhgeschäft zu schleusen, denn er brauchte wirklich dringend neues Schuhwerk. Menschen schauten sich verwundert um, die Verkäuferin war höchst irritiert, er gestresst und ich erfreut, da ich es geschafft hatte, mit all meiner Ruhe und Überzeugungskraft, ihm ein paar neue Schuhe aufzuschwatzen. (Heute ist er mir ,,dankbar", oder?) Ich weiß, er wäre lieber auf einen türkischen Basar gegangen und hätte erst einmal einen Tee mit dem Verkäufer getrunken, dann über den Preis gefeilscht... Aber leider sind wir im Moment in Deutschland. ,,Normal kann jeder... Für Ungewöhnliches brauchen Sie uns." - So steht es auf seiner Visitenkarte. Das stimmt, mein Wolf, einsamer... Normal ist er nun ganz und gar nicht, Ungewöhnlich - ganz bestimmt! Eigentlich habe ich vom ersten Moment an gewusst, dass er ,,mein Mann" ist. Glauben kann ich es bis heute noch nicht, ihn geschenkt bekommen zu haben. Ich liebe seine Stimme, seine Ruhe, sein Wissen und - ja, jetzt hätte ich eigentlich ,,seine Geduld" schreiben müssen. Aber die hat er ganz und gar nicht!

Ungeduldig, neugierig, wissbegierig, aber auch verletzlich, verträumt, verwirrt... Und er ist auch mein Tristan, diesen Namen trägt er ganz zu Recht... Sollte jemand Isolde zu nahe treten, Tristan kämpft und verteidigt sie, ohne wenn und aber. Isolde gehört Tristan, und das macht er deutlich klar. Stolz stellt er mich all seinen vielen Bekannten vor, schreibt im Facebook, dass er 11 Jahre auf so ein verrücktes Huhn wie mich gewartet hat... Er ist mein Schnupfen, kommt immer wieder zurück, und mein Herpes, den wird man niemals mehr los... Ich mag das Sägewerk des Nachts in Amerika, Europa oder sonst wo, dann weiß ich, dass er bei mir ist, ich mich ankuscheln kann, beschützt werde von meinem grauen Wolf. Er ist der beste Chauffeur, den man sich denken kann, eine Fahrt mit ihm, wo immer auch hin, ist und bleibt ein Abenteuer, man weiß nie, wohin die Reise geht. Er liebt wie auch ich alte ,,Gemäuer", Kirchen, die Natur, schönes Essen, gemütliche Kneipen, nette Leute, Bücher, nicht den Konsum. Er ist ein Mann durch und durch, kein Warmduscher oder Weichei. An seiner Seite fühle ich mich sicher und geborgen. Aber er ist auch sensibel und verletzlich hinter der Fassade, was mir die Gelegenheit gibt, ihn in den Arm zu nehmen, an seiner Seite zu stehen und ihn zu lieben. Ich mag seine schmalen, dennoch kräftigen Hände und Füße. Sein Gang ist ganz besonders, bedächtig setzt er die Füße auf den Boden, als wenn er mit ihm verwurzelt wäre. Er hat meine Welt wieder bunt angestrichen, die alte Gerda erweckt. Dazu lehrt er mich, endlich einmal meine eigenen Wünsche zu äußern und auch zu haben, sie zu zulassen und sie zu lieben. Kein schlechtes Gewissen zu bekommen, überhaupt eigene Wünsche zu haben. Er hilft mir, mich von meinen Ängsten zu verabschieden.

Ich habe bei ihm und mit ihm das Gefühl, als könnte ich flie-
gen, und dieses Gefühl ist atemberaubend schön! Sein Witz und
sein Charme zieht alle Frauen in seinen Bann, Männer hassen
ihn dafür. Dabei ist er Besitz - und Heimatlos, hasst Konsum
und den Tanz ums ,,goldene Kalb". Sein Heim in Deutschland
ist genau 13 qm groß, mehr braucht er nicht. Ich mag an ihm
ganz besonders, dass auch er mich so sein lässt, wie ich bin,
mit tausend Haken und Schnörkeln, Ösen und vielen Fehlern.
Dafür danke und liebe ich ihn! Es wäre noch so viel zu sagen,
wir kennen uns nur kurz. Und dennoch - ich kenne und liebe
ihn schon immer. Endlich habe ich Dich getroffen, ich danke
Dir, Karl! Er bereichert mein Leben, schauen wir mal, wie es
weiter geht. Ein Abenteuer?...

Meine Sehnsucht hat wieder
einen Namen, der mich anfüllt
mit Glück und Schmerz.
Dabei hat sich nichts merklich geändert.
Ich geh durch die Tage lächelnd,
wie er durch mich geht,
mit seinem Geruch, seiner Stimme,
seiner Gestalt, die mein Verlangen prägt.
Seinem Leib, der den Meinen ganz und gar
umkleidet.
Ich versuche mit aller Kraft
nicht zu sagen,
Komm oder Geh oder Bleib.

Ulla Hahn

Man lernt sich kennen

Freitag, 10.12.2010

Hallo Gerda

Ich sitze im Sauerland und denke an Dich, freue mich auf
Sonntag. Mein Herz ist einsam ohne Dich... Ich liebe Dich.
Gute Nacht,
Bis bald
Knuddel

Samstag, 11.12.2010

Guten Morgen ,,Knuddel"
(Knuddel find ich doof)

Habe die Nacht ganz allein in Amerika verbracht und beim
Aufwachen Dich vermisst. Grüße mir meinen Handschmeichler!
Gleich muss ich in Ketten und mit einem Seil um den Hals
einkaufen... Mal sehen, was die Leute dazu sagen. Ich werde
dann antworten: ,,Die Liebe hat mich gefesselt..."
Sende Dir ein Carepaket mit Küssen,
Deine Sklavin

,,Sklavin" ist ein etwas heftig ausgedrückt. Aber wir spielen
ja ein kleines schönes Spiel mit diesen Mails... Trotzdem mag
ich ,,Sklavin" nicht. Ich bin ja kein Folterknecht...

Hallo meine kleine Isolde

Heute war ich mit Muttern einkaufen, morgen wird ein Weihnachtsbaum geholt, und am Nachmittag bin ich dann wieder da. Ich verstehe Dich gut in deiner transzendentalen Obdachlosigkeit, kann Dir kein Heim geben, keinen Platz, wo Du zuhause bist... Kann nur bei Dir sein, Deinen Rücken streicheln, Dir zuhören... Aber das mache ich sehr gern für Dich... Und nach jedem Schnee folgt der Frühling, kommt die Sonne, und bunte Blumen schmücken Deinen Weg... Einen lieben Kuss, bis morgen Grüß Amerika von mir
Carolus WC

Es ist lieb von Dir, danke Karl. Ja, eigentlich haben wir beide kein richtiges Nest. Ein gemeinsames Nest...? Aber dafür ist es noch zu früh, oder? Ich weiß selbst nicht, was richtig oder falsch ist, deshalb werde ich lieber noch abwarten, nicht denken, nur lieben und leben mit Dir.

Samstag, 11.12.2010

My love
Ich bin bei Dir zu Hause, wenn Du meinen Rücken streichelst,
mir zuhörst... Und auch ich möchte für Dich da sein, Dich
streicheln und küssen, Dich nicht benutzen, sondern einfach nur
lieben. Und wenn es ganz schlimm kommt - bleiben wir einfach
im Bett!
Amerika ist einsam ohne Dich!
Ich umarme und denk an Dich,
Deine Sklavin

Samstag, 11.12.2010

Hallo kleines Isolde
Ich sehne mich auf Dich... Heute abend ein Glas Wein im
Spooky's?
Und danach reisen wir nach Amerika...
Bussi Bussi
Carlos

Good morning alter Wolf,
Isolde wartet ungeduldig auf Tristan!
Anbei ein Kuss - Carepaket
Gerda

Ich kann es auch kaum erwarten, Dich wieder zu sehen, meine kleine Melek. Möglich, das die Nächte heiß werden.

Sonntag, 12.12.2010

Hallo Kleines
Ich fahre jetzt los... Bis gleich. Ich bring Kuchen mit...
Bussi
Karl der alte Wolf

Beide erzählen

Eine Woche lang hatten wir gemeinsam Urlaub, viel Zeit miteinander verbracht und uns im Alltag kennengelernt. Wir hatten viel Spaß miteinander, gingen einkaufen, aber nur, um uns an der Kasse lauthals zu streiten und die Verkäuferinnen und Kassiererinnen mit einzubeziehen in die Frage, ob man die Tragetaschen aus Papier oder aus Plastik nehmen sollte. Wir hatten einen Riesenspaß, wenn hinter unserem Rücken weiter gestritten wurde. Karl lernte Münster mehr und mehr kennen, besonders aber Amerika... Die Bratwurst auf dem Weihnachtsmarkt, die Architektur der Kirchen, der Wein im SPOOKY'S, zwischendurch mal Bielefeld, dort das Historische Museum, der Stammtisch im ,,BLACK ROSE", Spaziergänge im Teutoburger Wald durch den Schnee... Und viel Zeit verbrachten wir im Bett.

Die Zeit verging wie im Flug, und wir beiden wurden immer vertrauter im Umgang miteinander. Es war, als würden wir uns ewig kennen, und dennoch ging uns der Gesprächsstoff nicht aus. Uns beiden war klar, dass wir zusammen gehören, und wir begannen, erste Pläne für eine gemeinsame Zukunft zu schmieden. In welcher Stadt wollen wir wohnen, wo und wie werden wir uns engagieren, was wird mit der Arbeit in der Türkei, wie schaffen wir es, dass wir gemeinsam dort arbeiten etc. Hoffnung und Fantasie, Realität und Potenzial wurden ausgelotet, viel gelacht, geliebt, geträumt und nachgedacht. Es war eine wunderschöne, innige Woche zusammen. Gelegentlich versuchten wir, uns zu streiten, aber es klappte nie...

Liebe ist nicht nur ein Wort...

Guten Morgen Tristan,
Du liegst im Bett und schnarchst.
und ich
wollte Dir ganz einfach sagen -
Ich liebe Dich,
Du besonders netter Mensch,
Du griesgrämiger
durchgeknallter Klugscheisser.
Hätte Dich gern
zum Vater meiner Kinder
in einem früheren Leben.
Welch eine Mischung:
Einfach gestrickte,
durchgeknallte
Klugscheisser,
die mit einem Arztkoffer
in den Höhlenkirchen Kappadokiens
nach den Lahmen suchen.
Oder in Irland,
auf den Spuren Jesu,
die alten Keltenkreuze verbinden...
Ich küsse und umarme Dich,
Du umher irrender Meteorit,
möchte Dir
von ganzem Herzen,
Amerika schenken...

Isolde

Ich wache auf und sie ist bei mir - und schreibt mir eine Mail, während ich schlafe. Sie ist wirklich allgegenwärtig in meinem Leben und zeigt mir so gern, wie sehr sie mich mag. Wie ein verliebter Teenager... Irgendwie süß.

O Isolde mein...
Ich will nach Amerika.
Will weißes Linnen knuddeln und mich in sanftem Schlummer wiegen
und Dich bei mir wissen.
Kaffee ans Bett bringen,
Zigarette rauchen
dich riechen und spüren.
Scheiß Schnee hier.
Ein dickes Bussi
Deine Speckrolle

Auch ich vermisse Dich immer mehr, wenn wir nicht zusammen sein können. Amerika ohne Dich ist einsam, das Leben ist einsam ohne Dich! Nur, das Du mir Kaffee ans Bett bringst, das sehe ich noch nicht. So lange, wie Du immer pennst... Es ist Weihnachten, und wir werden uns drei Wochen nicht sehen, eine verdammt lange Zeit! Aber auch eine gute Zeit, um zu prüfen, wie sehr wir uns mögen. Ob wir nur auf ,,Wolke sieben" schweben, mit rosaroter Brille, oder ob die Gefühle für einander echt sind.

Ups,
es ist gewöhnungsbedürftig heute!
Kein Zausel in Amerika,
den ich wach küssen darf.

Ups,
wir kennen uns wirklich erst 14 Wochen,
davon 9 persönlich...
für mich erscheint es wie
9 Monate? 9 Jahre?
Ich habe keine Ahnung!

Ups,
und dennoch -
Ich würde gerne sagen -
Ich möchte den Rest meines Lebens mit Dir verbringen,
in Amerika
Dich im Schlaf berühren, riechen, fühlen, lieben,
Kaffee trinken, rauchen, erneut lieben,
Ich glaub', ich habe meinen Hafen gefunden...
doch -

Ups,
Ist es nicht viel zu früh, so etwas zu denken / fühlen?
Eigentlich -
natürlich,
auf jeden Fall-
doch
in diesem Fall
ich bin mir ziemlich sicher!
Ich möchte ,,den Rest unseres Lebens"
mit Dir verbringen...
mit all Deinen Träumen,
mit meinen,
erwachen
in Amerika,
with a kiss!!!!!

Ich küsse Dich unendlich, von Kopf bis Fuß, schöner Mann!
Isolde

Lieber alter Wolf

Ich hoffe mal, dass Du die Großmutter nicht fressen wirst! Halte Dich lieber an Kuchen und Malzbier und warte auf Rotkäppchen, die kannst Du dann vernaschen...
Habe ein wenig versucht, nachzudenken (ich weiß, als Frau ist das nicht so einfach...) Bin zu dem Ergebnis gekommen, dass Mann doch einfach in seine Mail gehen könnte und die Gedanken zu den einzelnen ,,Briefchen der holden Isolde" nach ,,Kappa" an Tristan niederschreiben könnte. Quasi als Mail an Dich selbst oder als kleines Buch? War mal nur so ein Gedanke...
Hier ist's saukalt - minus 11 Grad und sauglatt. Der Oberbürgermeister hat sich schon entschuldigt, dass er falsche Anweisungen an den Streudienst gegeben hat. Aber nun ist das Kind im Brunnen und wir müssen es ausbaden...
Kuss von der frierenden Isolde

Das ist eine schöne Idee mit einem Buch - so etwas macht mir Spaß, und vielleicht finden wir ein paar Leser, denen unsere kleine Geschichte gefallen wird. Schließlich ist es ja ein modernes Märchen, was wir beide da erleben, und die Menschen haben Sehnsucht, möchten träumen, und sehen, dass so etwas wie mit uns auch im Lebensherbst tatsächlich möglich ist. Spontan fällt mir ,,Doppelklick" ein, das könnte ein netter Titel sein, der die Menschen anspricht, und genau das war es ja auch: Ein Doppelklick...

Dienstag, 21.12.2010

Geliebte Isolde

5 x 12m Garageneinfahrt. Schneehöhe geschätzte 80cm, gefühlte 2.70cm, soeben bewältigt. Kalorienverbrauch nebst Muskelzuwachs als Nebenprodukt hochwillkommen, Bauchspeckrollenminimierung geschätzte 6mm, gefühlte 24mm. Nun kloppe ich mir erstmal Capucchino und Zigarette rein, und denke an Dich... Das Motto in deinem Profil hat sich verändert, aber ich kann ja nur die ersten drei Worte lesen, da ich ja Mann bin. Das bedeutet nicht, dass ich als Mann des Lesens unkundig bin, sondern gewisse Privilegien verlorengehen, weil Mann einen Handschmeichler mit sich herumträgt, ein Gegenstand, der offenbar der Diskriminierung Tür und Tor öffnet. Öffnen stelle ich mir generell anders vor... Morgen wird der Baum geschmückt... Muttern findet es schade, dass sie Dich nicht kennenlernen konnte, weil mein Sohn Dir gegenüber so ablehnend ist, obwohl er Dich noch nicht kennt, will mal mit Sohnemann reden. Ansonsten zähle ich die Tage, bis ich Dich wiedersehe... Und die Sache mit dem kleinen Buch - das machen wir. Da wir uns ja aus dem Internet kennen - wie gefällt Dir ,,DOPPELKLICK" als Titel?
Mit dickem Kuss, wohin Du willst

Dein Tristan

Doppelklick, ja mein geliebter Tristan, es hat doppelt ,,Klick" gemacht, das stimmt. Nur, Deine Idee ist der Doppelklick NICHT! Den habe ich schon im Facebook verewigt... Männer... Aber - es ist wirklich ein schöner Titel für unsere Geschichte.

Du liebster, armer, geschundener Ritter

Ein Doppelklick war es ja auch zwischen uns, und der Titel passt wie ,,Arsch auf Eimer" und gefällt mir. Schicke Dir eine große Packung TLC (tender loving care)! Zur Aufklärung meines Profils im Facebook schreibe ich Dir, was seit gestern dort steht. Motto: Für mich soll's rote Rosen regnen (das war alt. Ok...) nun neu dazu:

> Liebe Freunde, für mich regnete es rote Rosen! Ich bedanke mich bei meinem Wandercharismatiker - Hallo Karl! Und für alle, die noch auf der Suche sind: never ever give up!!! Da draußen ist er / sie, manchmal braucht es nur ein wenig Geduld, aber - jeder Topf wird seinen Deckel finden, wenn er / sie nur will. Liebe ist nicht nur ein Wort!!!!!
> Ich wünsche euch allen ein gesegnetes Weihnachtsfest und zu Silvester- den ,,Doppelklick", die Liebe, wonach wir uns alle sehnen.
> Liebe Grüße und Wünsche, Gerda

Soll Dein Weihnachtsgeschenk sein, was dort nun steht. Und vielleicht auch, was zum Schluss von meiner Seite aus ins Buch kommt...?! Hätte gerne heute Nacht meinen Handschmeichler. (meinetwegen auch mit dem ganzen Kerl daran) Grüße Deine Mutter von mir, wir sehen uns ganz bestimmt im neuen Jahr, natürlich, wenn Du das möchtest... Nimm es deinem Sohn nicht so ,,krumm", der kann auch nichts dafür. Ich weiß, Dich fragt keiner, was Du möchtest, armer Tristan!!!! Schicke Dir ein Care-Paket -
Ich umarme und küsse Dich,

Isoldchen

Wie kommt sie nur auf die Idee, das ich sie nicht sehen möchte im neuen Jahr? Ich vermisse sie doch. Warum zweifelt sie denn so?

Guten Morgen Mann

Hast Du Deinem geschundenen Astralleib ein wenig Ruhe
gegönnt und ihn genesen lassen? Die Nacht war traumlos, und
ich vermisste was zum Ankuscheln. Draußen ist weiterhin diese
,,Schneeschitte" und kein Ende in Sicht. Du glaubst gar nicht,
wie ich mich auf Frühling in Kappadokien mit Tristan freue. Das
wird wohl mein schönstes Geschenk von Mann. Ich habe der
Nachbarin versprochen, mit ihr gleich in die Stadt zu gehen.
Was ich da soll? Keine Ahnung. Vielleicht Currywurst mit Sahne
essen???? ,,Ich denke, Du bist von allen Männern der
schönste"... Ich sende Dir eine zärtlich verteilte Umarmung und
einen Kuss auf den Mund, so wie beim ersten Mal, auf dem
Parkplatz...

Gerda

Dieser Kuss da auf dem Parkplatz - ich habe ihn auch nicht
vergessen. Sie ist schon so selbstverständlich geworden in meinem Leben, und der Rest meiner Familie hat sie zu akzeptieren. Wir sind keine Kinder mehr, und im nächsten Jahr wird
Weihnachten anders gefeiert.

Hallo Melegim...

Zurück aus der Stadt, und nich auf Fresse geflogen, hoffe ich...
Ich erwachte mit deutlich spürbarem Muskelzuwachs und in
bester Kondition, bereit für jede Form des Tanzes, und in
Gedanken bei Dir und in Kappadokien. Nachher geht der schöne
Mann noch mit Muttern was einkaufen, sonst wird heute nichts
weiter passieren, morgen kommt dann der jährliche Baumterror...

O TANNENBAUM
von Karl. J. Altendorff

Hab doch grad erst Dich entsorgt,
Extra 'ne Karre ausgeborgt.
Warf Dich doch mit kühnem Schwunge
Tief in Deutschlands grüne Lunge,

Damit den Würmern in der Erde
Auch noch ein wenig Weihnacht werde.
Doch dann, ohne Verzögerung -
Die Karre in die Reinigung.

Doch kaum ist etwas Zeit vergangen,
Stehst Du schon wieder, voll behangen,
Mit Glitzerzeug und Knabberei,
Kerzenlicht auch noch dabei,

Als ob Du meinen Eifer tadelst,
Bei mir im Zimmer rum - und nadelst.
Obendrein noch fromme Lieder.
Die Karre krieg ich nicht mehr wieder.

Einen dicken Kuss vom schönsten Mann der Welt.
Hab Dich lieb
WC

Mein Tristan

Der einsame Wolf tanzt, als ob ihn niemand sieht...
Nein, ,,Zausel", habe mich nicht auf Fresse gelegt, habe eher
Frau Nachbarin davor fachfraulich geschützt.
Aus mir wird bald noch ,,Superwoman."
Tristan ist weit und stählt seinen Körper für kommende
Abenteuer,
Amerika ist einsam,
und ich...
Ich habe Schmetterlinge im Bauch...
Liebesperlen in meiner Manteltasche,
Träume im Gepäck.
Danke für den Weihnachtsbaum, im Gedicht verpackt.
Melek schickt dem schönsten Mann einen Kuss.

Superwoman, ich denke den ganzen Tag an Dich. Hoffentlich
bist Du nicht einsam, ich wäre so gern bei Dir und mit dir.
Ein paar Tage noch ohne Dich, dann beginnt eine andere Zeit.
Wie es wohl werden wird, ob Du mir in die Türkei folgen kannst
und wirst? Ich möchte nicht mehr ohne Dich dorthin gehen.

Lieber alter Wolf, schöner Mann

Ich beginne, mir Gedanken um meine Mitmenschen zu machen!
Je näher wir an Weihnachten kommen, dem Fest der Liebe,
desto angestochener werden die, kannst Du mir mal sagen, was
da los ist??? Menschen haben noch so viel zu besorgen,
Nahrungsmittel (Gott, wir verhungern doch nicht!), Geschenke
(Meine Meinung? Bullshit!) usw... Ich bin ja soooo froh, dass
ich eine einfach gestrickte Krankenschwester bin und mit dem
ganzen Terror nichts zu tun habe und zu tun haben will! Ich
weiß, Dich schieben 'se wegen Weihnachten auch von Pontius
nach Pilatus, niemand fragt, was Du eigentlich willst. Armer,
alter, einsamer Wolf, schöner Mann. Habe heute 1001
Weihnachtskarten bekommen, keine einzige geschrieben, alles
wegen Dir! Aber, weißt Du was? Es ist mir so was von egal, es
gibt da etwas in meinem Leben - das ist mir ,,Lebenswichtig"!
Ein lieber alter Wolf, der tanzt, als ob ihn niemand sieht, ein
Mann, der für mich der Mann von allen Männern ist. So, nun
aber Schluss mit der ,,Lobhudelei"...

> Diese Sehnsucht,
> Dich beim Namen zu nennen.
> Diese Angst,
> Dich beim Namen zu nennen.
> Diese Sehnsucht,
> Wort zu halten.
> Diese Angst,
> nur Wort zu halten.
> Diese Sehnsucht nach einem Leben,
> das kein Gedicht wird.
> Diese Angst vor einem Gedicht,
> das ein Leben vorwegnimmt.
>
> Ulla Hahn

Und trotz und alledem und sowieso und außerdem und ganz
besonders - Ich liebe Dich.
Melek

Meine liebe Melek

Das ist ein tolles kleines Gedicht, und es rührt mich sehr... How I wish you were here... Habe gerade eine Runde durch die Kneipen hier und im Nachbarort gemacht, in der Hoffnung, ein paar alte Freunde vielleicht zu treffen, die wie ich diese Gegend fluchtartig verlassen hatten, aber Fehlanzeige. Ein Heimatgefühl will sich nicht wirklich einstellen. Noch zwei Tage - für meine Mutter wird es schwer werden, denn viel wird sie an meinen Bruder erinnern. Sein Laptop steht ja hier, und ich habe heute eine Menge Bilder von ihm gefunden, die er abgespeichert hatte - aber ich werde sie der Mutter nicht zeigen, ich glaube nicht, dass es ihr irgendwie helfen würde. Zum Einen sieht sie ja kaum, und die doppelte Verzweiflung möchte ich ihr gern ersparen.- Zum Anderen sind die Fotos seiner letzten Tage, ohne Haare und 60 Kilo leicht, alles andere als schön. Morgen gehen wir noch zur Bank (sie kann eine Bankkarte am Automaten nicht bedienen) und noch paar Kleinigkeiten, Baum raus holen und schmücken etc. Ansonsten haben wir uns Beide aus dem üblichen Trubel heraushalten können... Besser iss das. Nun, meine kleine Melek, umarme ich Dich, küsse deine Stirn wie auf dem Parkplatz, und freue mich, dass es Dich gibt für mich. Liebe Grüße aus dem Sauerland
Tristan

Bist Du einsam und verzweifelt, alter Wolf? Ich wäre so gern bei Dir, würde Dich in den Arm nehmen und trösten, Dir die Hand halten und Dir meine Stärke geben. Hinter der Fassade bist Du sehr verletzlich, ich weiß das. Die anderen Menschen scheint das nicht zu interessieren, jeder denkt nur an sich, eine Welt von Egoisten!

Guten Morgen, lieber Schatz
zum Frühstück Kaffee und ein Schmatz.
Dazu noch eine Zigarette -
Ach, wenn ich Dich jetzt bei mir hätte!

Dann gäb es Kuss statt Zigarette,
würde Dir viel Liebe schenken,
bei Dir in deinem weichen Bette -
Den Rest kannst Du Dir denken.

Doch leider, aus so weiter Ferne,
bleibt nur ein Gruß und ein Gedanke.
Doch denke ich an Dich sehr gerne -
Eh ich allein ins Bettchen wanke.

Dein WC

Ich liebe Deine Gedichte, die Du für mich schreibst. Du bist so unendlich reich an Poesie und Wissen, Du bist mein Tristan, mein neues Leben, ich danke Dir dafür!

Guten Morgen, guten Morgen, Sonnenschein!

Danke für Kaffee und Zigarette,
und - ja, wenn ich Dich bei mir hätte
hier in Amerika
ist die Liebe doch schon lange da,
unterm weichen Bettgelinne.
Und
die Sehnsucht macht uns stark,
so sagt man,
frag ich mich
stark wozu?

Liebe braucht doch keine Stärke
hört sich für mich an, wie Härte...

Liebe ist sanft und weich und wohlig
streichelzart und himmelblau
ein altes Spiel für Mann und Frau
und doch
immer wieder neu
unendlich
gewaltig!

Ich wünsche Dir einen wunderschönen guten Morgen, Love.
Amerika und ich vermissen Dich unendlich, können es kaum
erwarten, Dich wieder in die Arme zu schließen, Dich zu küssen,
bis wir beide keine Luft mehr bekommen. Morgen ,,muss" auch
ich ins Sauerland, und eigentlich will ich das gar nicht. Aber, wer
fragt schon danach. Leider kann ich Dir dann nicht schreiben,
aber Du wirst eh auf dem Weg nach Bielefeld und zurück sein -
armer Wolf! Fahre vorsichtig, es ist überall glatt, ich brauche
Dich noch! Nein, nicht ,,brauchen" von ,,gebrauchen", ich
möchte Dir nur noch lange Liebe schenken - Bis an das Ende der
Welt und zurück...
Isolde

Donnerstag, 23.12.2010

My Love

Ich habe es nicht vergessen, aber bisher noch nicht gesagt.
Gerne wäre ich mit Dir nach Attendorn gefahren, hätte versucht,
es Dir und besonders auch Deiner Mutter leichter zu machen,
dieses Weihnachten ohne Deinen Bruder zu meistern. Sage
Deiner Mutter, ich denke an sie und hoffe, dass wir uns bald
kennenlernen werden. Und Dir möchte ich sagen, Du bist nicht
allein. Ich bin bei Dir, halte Deine Hand! Es ist nicht einfach,
das weiß ich - aber ,,gemeinsam" sind wir stark! Also, denke
daran - Ich bin bei und mit Dir!
Ich küsse Dich, streichle Deinen Rücken und halte Deine Hand.
Melek

Donnerstag, 23.12.2010

Hallo Kleines

Danke für deine Nachricht... Hier ist soweit jetzt alles erledigt,
nur der Baum fehlt noch. Hoffentlich kommst Du gut nach
Neheim - was man zur Zeit von der Bahn so hört, macht nicht
gerade Lust auf Bahnfahren. Ich überlege, am 2ten Feiertag
abends nach Münster zu kommen, falls Du da sein solltest.
Wäre doch schön, wenn wir uns noch sehen könnten...
Hab Dich lieb
Der Tristan der Turkmann der Wandercharismatiker

Geliebter einsamer Wolf, mein Tristan, Du schöner Mann

Ich danke Dir von ganzem Herzen, dass Du so unverhofft in mein Leben gepurzelt bist und mit Dir die Liebe. Du bist das schönste Geschenk, dass ich je bekommen habe, von dem ich nie zu träumen gewagt habe. Weihnachten werden wir nicht gemeinsam feiern können, aber - Was sagt das schon. Wir werden noch viel Zeit füreinander haben und außerdem, mein Liebster, ich bin in Gedanken immer bei Dir, halte Deine Hand und lasse sie nie mehr los.

Nur für Dich

Ich werde den höchsten Berg erklimmen,
nur für Dich.
Dir Gold und Silber bringen,
nur für Dich.
Ich will Deine Stärke und Freude sein,
nur für Dich.

Wir werden eine Reise durch den Tunnel der Liebe machen,
nur wir zwei.
ICH SCHWÖRE DIR AUF DEM ALTAR GOTTES -
ICH LIEBE DICH!

Ich bin die Luft, die Du atmest,
ich bin Du.
Ich will Deine Hand halten,
bei Dir sein.

Ich bin da -
Nur für Dich, nur für Dich, nur für Dich...

Ich liebe Dich

Bleibe bei mir, einsamer Wolf.
Lass uns gemeinsam tanzen bis an das Ende der Welt...

Melek

Meine liebe kleine Isolde

Ich danke für diese Mail, danke Dir dafür, dass es Dich gibt, danke Dir dafür, dass Du für mich da sein willst, in guten und in schlechten Tagen... Nun werden wir uns einige Zeit nicht sehen, und ich zähle schon jetzt die Stunden, bis ich Dich wieder in den Armen halten kann. Nun beginnt eine Zeit der Besinnung und der inneren Einkehr, und für gewöhnlich wünscht man sich etwas zu diesem Fest, dass ja ein Fest der Liebe sein soll. Aber Du hast mich wunschlos glücklich gemacht, hast den alten Wolf aus der Höhle geholt, hast ihm gezeigt, welche spirituelle Kraft der Liebe innewohnt, Du hast alle Zweifel zur Seite geschoben und den Platz an meiner Seite eingenommen...

Aber einen Wunsch habe ich doch: Ich möchte nicht, dass Du irgendwann, an einem hoffentlich noch fernen Tag, an meinem Grab weinen wirst - Und darum möchte ich Dich überleben.
Um genau einen Tag...

ICH LIEBE DICH

Karl

Schlusswort

Nun sind wir schon eine ganze Weile ein Paar, und die Freude aneinander ist nicht vergangen, sie ist übergegangen in einen Alltag, den wir fast täglich genießen. Noch wissen wir nicht, ob wir eines Tages zusammen wohnen werden, noch wissen wir nicht, wie sich unsere Beziehung in Zukunft gestalten wird. Beide waren wir lange allein, müssen uns in der Zweisamkeit erst wieder neu orientieren, noch wohnen wir in verschiedenen Städten. Karl's Beruf wird und soll weiterhin die Tätigkeit in der Türkei sein, und Gerda wird ihm folgen, wenn und sobald es möglich ist. Sie, lieber Leser, haben durch den Kauf dieses Buches dazu beigetragen, dass wir uns langsam die Grundlagen einer gemeinsamen Zukunft aufbauen können, einer Zukunft, die dann zwischen Europa und Asien angesiedelt sein wird, und nicht nur zwischen Amerika und Europa... Wir hoffen, Sie mit diesem kleinen Büchlein kurzweilig unterhalten zu haben, und vergessen Sie bitte das Träumen nicht. Wir werden es jedenfalls nicht vergessen.

Birte G. Grund
Karl J. Altendorff